略奪者の純情
ぐっと重みがかかってくるのと同時に腕を背後からつかまれ、
ぐいっとねじ上げられる。その痛みにうめいて動けなくなったとき、
手首に何かが巻きついてきた。

略《りゃく》奪《だつ》者《しゃ》の純《じゅん》情《じょう》

バーバラ片《かた》桐《ぎり》

ILLUSTRATION：周《す》防《おう》佑《ゆう》未《み》

略奪者の純情

LYNX ROMANCE

CONTENTS

略奪者の純情

〔一〕

「――ですから、うちとしてはね」

荒賀侑真《こうがたかひさ》は、目の前で饒舌《じょうぜつ》に動く宮川《みやがわ》の口を冷ややかに眺《なが》めていた。

宮川はファミリーレストランや居酒屋チェーンを展開する『食楽園《しょくらくえん》』のカリスマ経営者であり、マスコミの露出も多い有名人だ。それだけに、自分が他人に与える影響力というものに、過大な自信を持っているらしい。

荒賀ですら自分に心服するのは当然だという調子で続けられる言葉に、だいぶ前から辟易《へきえき》していた。

だがその感情を表に出さないぐらいには、荒賀も世慣れてはいる。

飲食業というのは、もともと長時間・低賃金に加えて、残業代もろくに払われないケースが多い。その中でも『食楽園』は、並外れてブラック企業だと言われていた。

――だけど、こいつは少しも自分を悪いと思っていないような。

『食楽園』は過酷な労働で従業員を限界まで追い詰めて思考能力を奪い、毎日のビデオ朝礼で洗脳していくということで裏では有名だ。それが可能なのは、この男の新興宗教の教祖のようなカリスマめいた力のせいだろうが、そんなものは荒賀には通用しない。

この男の人生訓をこれ以上聞きたいとは思わず、荒賀は不意に遮《さえぎ》った。

「――ご用件については、よくわかりました。こちらで検討してから、返事します」

「検討？　引き受けてくれるんじゃないのか？」

自分の要求が受け入れられるのは当然だと信じこんでいたらしく、宮川は鳩《はと》が豆鉄砲を食らったような顔をした。

だが、荒賀は冷ややかな態度を崩さない。

荒賀は海外の有名大学卒のインテリだ。黙っていればヤクザに見えないと言われる理知的な顔立ちの持ち主だが、チタンフレームの眼鏡の奥の瞳は一般の人間を震え上がらせるほど鋭《するど》く研《と》ぎ澄まされている。その目で見据えられただけで威圧感を覚えたのか、宮川は居心地悪そうに身じろいだ。目の前にしている相手が、自分とは違う世界に所属していることを、ようやく悟ったらしい。

能面のようにつるんとした顔立ちながらも、饒舌にまくし立てていた顔から、表情が消えていく。

それを確認してから、荒賀はソファから立ち上がった。

「お断りすることになったとしても、秘密は守りますよ」

それだけ言い捨てて、荒賀は『食楽園』本社ビルの社長室から出た。ドアを出た途端《とたん》に、その左右で立ち番をしていた舎弟《しゃてい》が無言で背後に付き従う。

荒賀は広域指定暴力団、『荒賀組』の若頭《わかがしら》だ。『荒賀組』は荒賀の父が作った組であり、長男である侑真はその後継者として内外に認められている。かつては任侠《にんきょう》路線にあった荒賀組だが、暴力団を取り囲む環境が大きく変わったのと、高学歴の荒賀が采配《さいはい》するようになったことで、経済ヤクザの色相《しきそう》を深めている。

だからこそ、この男が依頼してくるような犯罪性の高い仕事は受けたくはなかったのだが、紹介者の顔を立てる意味もあり、一応は足を運ぶことになった。

――それと、……あいつのことを思い出した。

『食楽園』の名を聞いて、そこに就職した幼なじみの顔が浮かんだ。

だが、直接耳にした仕事内容はマズすぎて、到底受ける気にはなれずにいる。

――どうして、こんな泥臭い仕事をうちに押しつけようとするんだか。

ヤクザといえども、今の荒賀組は犯罪に直接結びつくような仕事はしない。リスクが高すぎる。手を出すのは、あくまでもグレーゾーンだ。それも弁護士と相談して、業務内容には十分気を配っていた。

荒賀はエレベーターホールまで足を運びながらもさりげなく廊下の左右を見回し、知っている顔がないかどうか捜していた。

――社長秘書になったと聞いてたが。

雑用も多い仕事だし、今日のところは会えないのかもしれない。その幼なじみとは高校を卒業してから一度も顔を合わせていないから、もう十年近く会っていないことになる。

――俺と同い年だから、二十八、か。

それくらいの年齢に成熟した彼の風貌《ふうぼう》は、どんなふうに変化していることだろうか。もともと美貌の持ち主だから、目が覚めるほど綺麗《きれい》になっていそうな予感もある。

自分を見て懐《なつ》かしそうに微笑《ほほえ》んでくれるのか、もしくは完璧に無視するのか。その反応が知りたい。だが、不在では仕方がなかった。

荒賀は他人にわざわざ彼について尋ねることなく、やってきたエレベーターに乗りこんだ。今日はことさらきっちり締めてあったネクタイを、エレベーターの中で軽く緩《ゆる》める。普段からいかにもヤクザという格好はしていないほうだが、今日は彼との再会もあって、ことさらしゃれこんでいた自分に気づいて、軽く笑う。

エレベーターが地下の駐車場に到着して、ドアが開いた。

そこに待たせていた運転手が荒賀に気づいて、車の前で直立不動の姿勢を取る。それに軽くうなずきかけ、ゆっくりと歩いていく。今日はできるだけヤクザっぽくない舎弟を選んだつもりだったが、それでもにじみ出る雰囲気は裏社会のものだ。それは、停車している黒塗りの高級車のスモークガラスからも、読み取ることができた。

——ま、次にこんなことがあったら、もっと慎重に準備するか。

一般の社会は、暴力団との接触に臆病になっている。その世界にどっぷり浸《ひた》っているとわからなくなるものの、やはりこのようなビル内では荒賀たちの存在は浮いていた。

運転手に支えられたドアから車に乗りこもうとしたとき、いきなり背後から大声が響いた。

「やっぱりだ。……荒賀……！」

その声が、懐かしい相手のもののような気がして、荒賀はハッとして振り返る。

息を切らしながら走ってきたのは、スーツ姿の男だった。

久しぶりに目にした幼なじみは、記憶よりもいっそう艶《あで》やかだ。

身につけているのは安物の紺のつるしのスーツだったが、それはむしろ中身の色香《いろか》を際だたせる役目を果たした。経済的に恵まれなかったというのが大きな理由だろうが、昔からこの幼なじみは、自分の外見にひどく無頓着《むとんちゃく》だ。服装のセンスは皆無だったが、それでもみっともないことにならないのは、突出《とっしゅつ》した容姿のせいだろう。

卵形の柔らかな輪郭《りんかく》の中に収まる、ひどく魅惑的な顔立ち。切れ長の目に、すっと伸びた鼻梁《びりょう》。しなやかな筋肉のついた、手足の長い、ややアンバランスな身体《からだ》つき。肌の白さは昔から変わってはいないようだ。触れてみたくなるような、きめ細やかな肌だった。少しつり上がった眉毛が長い睫《まつげ》と相まって、何かひどく物言いたげに見える。彼から視線が外せなくなる。

幼なじみが息を切らしながら自分の前に立つまで待ってから、荒賀はスーツのポケットに手を突っこみ、からかうように声をかけた。

「久しぶりだな、響生《ひびき》」

井樋《いとい》響生。

小学校から高校まで、同じ学校に通った一番の親友だった。さりげにこの本社ビルの中で捜していた相手だったが、ギリギリになって出会えたのがやたらと嬉《うれ》しい。

だが、顔を合わせるなり、響生はひどく警戒した目で荒賀をねめつけ、眉間に皺《しわ》を寄せて攻撃的に言ってきた。おとなしそうに見えるくせに、彼は時に驚くほどの芯の強さと意固地さを見せることがある。

「やっぱり、ヤクザになったんだ」

相変わらずの遠慮のない口の利き方に、荒賀は思わず笑った。

ヤクザの息子ということで、幼いころから腫《は》れ物に触れるような扱いを受けた荒賀にとって、響生は唯一対等に口が利ける相手だった。

「当然だろ。俺のような男が、組を継がないでどうするんだよ？」

素質や度胸もあった荒賀が親の跡を継ぐのは、いわば必然とも言える流れだった。グレーゾーンに身を置いたほうが、金儲《もう》けの才能を生かすこともできる。だが、響生は荒賀がヤクザになることに反対して、そんなことになったら絶交すると言っていた。だからこそ、荒賀は海外の大学に留学してから、帰国することがあっても一切声をかけなかった。

響生はますます険しい表情をして、ケンカ腰で言ってきた。

「何しに来たんだ？」

「ん？」

荒賀のほうからここに押しかけたわけではない。ここのカリスマ社長である宮川に呼ばれて、顔を出しただけだ。

だが、響生はそんなふうには思っていないらしい。警戒心剝《む》き出しの態度で嚙《か》みついてくる。

「ヤクザになったって聞いたおまえが、カタギみたいな格好をして社内をうろついていたから、おかしいと思ったんだ。後をつけたら、案の定……。やっぱり、ヤクザじゃないか！　いいか、社長には手を出すな。おまえがヤクザってことを隠して、妙な投資話を持ちかけようとしたって、そうはいかないからな……！」

――おいおい。

何を言ってるんだ、と荒賀はあきれる。

あの腹黒な社長が、ヤクザにつけこまれるタマとでも思っているのだろうか。だが、響生はまっすぐで、一度こうと信じこんだらてこでも動かないところがあった。だからこそ、この『食楽園』の社長を純粋に信頼しきっているようだ。

折しも投資詐欺《さぎ》のニュースが、世間を大きく騒がせていたころだ。この『食楽園』は上場したばかりの会社でもあったから、いろいろ眉唾《まゆつば》ものの話を持ちかけてくる輩《やから》が多いのだろう。それをブロックするのが、社長秘書である響生の役割の一つなのかもしれない。

だが、荒賀はひどく面白くない気分になった。

自分より、あんな胡散《うさん》臭い男を信じる響生のほうがあり得ない。

詰め寄ってくる響生の顔を間近からのぞきこんで、迫力のある低音で囁《ささや》いてやる。

「この俺が、社長に妙な投資話を持ちかけようとしてるって？」

そんなちゃちな仕事はしない。自分を誰だと思っているのだろうか。

だが、響生の頑《かたく》なさは、学生時代からろくに変わっていないようだった。

進学校といえども遊びたい盛りの同級生の中で、ひたすらムキになって勉強する響生の態度はどこか浮いていた。ガリ勉だと同級生がからかうたびに、顔を真っ赤にして言い返していた響生の姿を、荒賀は遠く思い出す。

——あんなにも響生がガリ勉だったのは、いろいろ余裕がなかったせいだ。

経済的に恵まれない家庭に育った響生は、この『食楽園』からの奨学金を受けていた。成績優秀者五位まで、という厳しい条件がついた奨学金だったから、他の生徒のように家庭教師や塾に通う余裕もなく、学校に隠れてアルバイトをしていた響生にとって、勉強に集中できるのは学校しかなかった。そんな事情を、荒賀だけは知っている。

——そして、響生が一番嫌いだったのは俺だろう。ろくに勉強しなくても、成績はよかったから。記憶力がずば抜けていて、教科書などは一度読めば覚えられた。英語も難なく身についた。

そんな荒賀のサボりがちな授業態度や生活態度について、響生がガミガミと文句を言っていたことまで懐かしく思い出す。

嫌いだったらかまわなければいいのに、ずっと響生のほうからつきまとってきた。響生にどれだけタバコを没収されたことだろうか。当時はポーズとして、吸ってみたい年頃だった。

そんな響生が、荒賀の前で顔を真っ赤にして叫んでいる。

「だから、……っ、そんな詐欺みたいなことをして、社や社長を騙《だま》したら、俺が許さないって言ってるんだよ……！　おまえの正体は、俺がよく知ってるんだから」

——俺の正体？

さすがにそんなセリフには、荒賀は敏感に反応せずにはいられない。手を伸ばして響生の前髪の中に指を差しこみ、髪をつかんで頭を固定してから、脅《おど》しをかけるように告げる。

「十年も会わないでいたくせに、俺のどこを知ってるって？」

響生の表情が強張《こわば》っているのを、薄笑いしながら見守る。

——知らないだろうよ。俺がどんなヤツだか。

昔からあまり、響生にだけは自分の黒い面を見せずにきた。だが、こんなふうに言われたら、何かが弾《はじ》けそうになる。

「俺はちゃちな詐欺などしない。するんだったら、この会社ごと乗っ取る」

響生の色の白さも、怒ったときに頬《ほお》がすぐに赤くなる癖も、昔と少しも変わってはいなかった。だがこの十年間で、二人の間には決定的な溝《みぞ》が生まれたはずだ。

荒賀はヤクザに、響生はカタギの会社員になった。絶交するという言葉を受けて、響生とはもう会わないつもりだった。彼との縁は、とうに切れたはずだ。

響生は高校入学時から大学まで奨学金を受けた、この『食楽園』に勤めることになった。

お礼奉公の含みを持たせる企業なんて、ろくなものではない。そもそもこの『食楽園』の奨学金はひどく条件が厳しく、単にあの社長が社会貢献をしているというポーズのための偽善事業に過ぎない。

それでも貧しかった響生はここの奨学金が支給されることになったことをひどく喜んでおり、社長にいつでも感謝していた。

——だからこそ、あの社長の洗脳にあっさりと引っかかるんだろうな。

そう思うと、荒賀の中でひどく醒《さ》めた気持ちが生まれる。思春期の一時期、この響生に対してひりつくような肉欲を覚えたことを、今でも生々しく覚えている。

好きなだけいい女を抱けるようになってからも、あの遠い日に思い描いたほどの興奮は得られない。

自分の中で、むくりと何かが蠢《うごめ》くのを感じながら、荒賀は目を細めて、意地悪に言ってのけた。

「社長秘書だってな。毎晩、あの社長に可愛《かわい》がられてるのか？」

途端に、響生が爆発したように怒鳴った。

「おまえと一緒にすんな……っ！」

その反応に、荒賀は肩をすくめて、響生から手を離す。融通《ゆうずう》の利かない響生のことだ。さすがにその手の体験はないのだろう。

響生は怒髪天《どはつてん》といった態度で背を向けて、荒賀の前から立ち去ろうとした。だがその際に、チラッとだけ振り向くのが憎たらしい。

——まるで、引き止めろとでも言うみたいに。

そんな無意識な反応に、思春期の荒賀がどれだけ翻弄《ほんろう》されたことだろうか。

今日は黙ってその背を見守ることにしたが、荒賀はくっくっと笑ってしまう。

その周りでは、運転手や舎弟が呆気《あっけ》にとられたような態度で二人を見守っていた。

若頭に今のような無礼な態度で接することができる響生に驚き、その無礼さを許す荒賀にも驚いているのだろう。

荒賀はようやく笑いを止めてから、車に乗りこんだ。

出せ、と一言、運転手に命じる。

やはり、響生は楽しい。一切の遠慮を見せずに、素《す》の感情で荒賀にぶつかってくる。

——しかも、早合点《はやがてん》で偽善的。

頭がカチコチで、自分の中の正義というのを頑なに信じている。だからこそ、あの宮川に心酔することができるのだろう。響生は昔から、理想主義的なところがあった。宮川が口にする人生訓と、あの男が実際に行っている悪事との矛盾まで、思いがいたらないのかもしれない。

——ま、一度信じこめば、とことん信じるしかないってことか。

だが、その響生が頑なに信じている宮川の虚像を、思いきりぶち壊してみたい気分になった。

荒賀はスマートフォンを取り出し、宮川のプライベートな携帯番号にかける。

少し前までは断ろうと考えていたものの、欲しい報酬が受け取れるというのなら、やってやれないこともない。

電話を取った宮川に、荒賀はストレートに告げた。

「荒賀です。さきほどのご用件、受けるかどうか、返事を保留にしておりましたが。——受けましょう。ですが、その代わりに欲しいものがあるんです」

あの男は、自分の欲望のためなら、あっさりと部下を差し出すはずだ。

誰よりも信奉《しんぽう》している社長から、とんでもない要求を切り出されたときの響生の表情を想像しただけで、荒賀は愉快な気持ちになれる。

人が大切にしているものをぶち壊すのは、どうしてこれほどまでに楽しいのだろうか。

響生が欲しいわけじゃない。

ただ、響生の大切なものをぶち壊してやりたいだけだ。

〔二〕

『食楽園』の朝礼は、社訓を全員で暗唱《あんしょう》するところから始まる。

それは全国八十八カ所にある店舗のみならず、本社勤務者においても同様だった。社員が定時に帰宅できることはほぼなく、会社で夜を明かすこともしょっちゅうだ。大勢のアルバイトの中で最低限の人員しか配置されていない社員は極端に忙しく、休日出勤も常態となっていた。

そんな中で本社勤務の社長付秘書として抜擢《ばってき》された響生も、人出が足らずに何でもやることとなり、仕事漬けの日々を送っていた。

——労働は、美徳だから。

そんな意識が、響生の心と身体に幼いころから染みこんでいる。働けるだけでもありがたいと思うべきだし、それでお金をいただけるのならこんなに素晴らしいことはない。まだまだ未熟な自分が労働条件や報酬について文句をつけることなど論外であり、お客様に育ててもらうという謙虚な意識で日々の労働に勤《いそ》しまなければならない。

その思いは、響生の母からも受け継がれていた。母は結婚せずに子供を産んだシングルマザーで、朝から晩まで三つの仕事を掛け持ちしていた。生活が苦しくても、一度も響生に愚痴《ぐち》をこぼしたのを聞いたことがない。

だからこそ、労働はありがたいものだという意識が、響生にはあった。そんな心に、『食楽園』の社訓はストレートに染みこんでいく。

『会社につくすことは喜びであり、お客様のためにつくすことはさらなる喜びである。社員は皆、経営者であり、会社のためにやれるべき全てを行おう』

そんな序文から始まって、社訓は十項目続く。

今は五十代となった宮川が一代で起こした企業である『食楽園』は、豊富なメニューと低料金をウリに、毎年過去最大の利益を更新し続けている。

だが、社員の労働時間は長く、裁量労働制が導入されたことで賃金は一定額となった。宮川のマスコミでの露出が増えたことで反発も生まれたのか、ブラック企業と指摘されることもままある。だが、それらは全てライバル企業による工作だと宮川は言っていたし、響生もそうだと信じている。

ついに今年は本社ビルを建て、株式を上場することとなった。今年が正念場というかけ声の下に、形骸化《けいがいか》していた週休二日制は一日となったが、それでも響生にさしたる影響はない。もともと週に二日など、休んではいなかったからだ。

社会人になって六年目になった今は、社長秘書として日々宮川からじきじきの薫陶《くんとう》を受けることとなり、社の業績を伸ばし、発展させたい意欲でいっぱいだった。

今日も朝からずっと寸暇《すんか》を惜しんで仕事を続けていた響生は、没頭していた書類からふと顔を上げた。壁にある時計を見上げる。

株主たちに公表する資料作成を命じられ、それに一心不乱に取り組んでいたところだ。

上場後の株価は高い水準で推移しており、社の業績も好調だ。従業員の離職率が高いのが気になるが、世間は不況だから、どんどん新人が補充されていた。

――そういや、またいきなりアルバイトが出勤しなくなったってエリアマネージャーから聞いたな。

新規従業員教育の費用も手間もバカにならないから、どうにか削減の手立てを考えろと、社長からは言われている。

響生はふと思い出して、いいアイデアがないかどうか、しばし考えてみることにした。

だが、すでに研修費削減は限界まで行っており、現場で実際に仕事をさせながら実務を学ばせる方法を取っていた。政府の助成金も最大限活用しており、これ以上どこに削減の余地があるのか、考えもつかない。

――今度、社会保険労務士の斉藤《さいとう》さんに、相談してみるか。

時計はすでに、午後十時を回っていた。終電までもう一仕事片付けておきたくて、パソコンのディスプレイに視線を戻したときだ。

卓上で電話が鳴った。社長室からの内線だ。

『僕だ。こっちへ』

宮川に呼び出されて、響生は社長室へと向かった。宮川は響生を見るなり、社のマークの入った封筒を差し出してくる。

「これから、この書類を直接届けろ。新宿《しんじゅく》の、『アクト興産《こうさん》』というところだ」

バイク便などの費用を削減するために、手の空いた秘書に書類を届けさせるのはよくあることだった。響生はその封筒を受け取りながら、確認した。

「今からで、大丈夫ですか？」

本社内ではほとんどの社員が終電まで働いているが、その感覚で別の会社に連絡を取ろうとすると、応答がない場合も多い。

宮川は年齢よりも皺の少ない、つるんとした顔でうなずいた。

「ああ。急ぎだ。先方にも連絡してあるから」

「わかりました」

行き先の住所と部署を確認し、響生は部屋を出ようとした。だが、その前にふと気づいたように宮川に付け足される。

「ああ、そうだ。先方から何か要求されたときには、それに従うようにね」

こんな命令は初めてだった。

――何か要求？

それがどんな内容を指しているのか、響生にはまるでピンとこない。この手の指示はしっかり把握しておいたほうが後々《のちのち》トラブルを招くこともないだろうと考えた響生は、聞いておくことにした。

「要求とは、どのような内容でしょうか。何か準備していくものは？」

「その書類さえ持っていればいい。後は、行けばわかる」

宮川は大きな机の上で軽く指を組んで親指を合わせ、うっすらと微笑んだ。

そこそこ整《ととの》った顔立ちなのだが、宮川の心はまるでうかがい知れない。

はぐらかされているような、自分が無能に思えるような感覚の後で、響生はうなずいた。

ここでは社長が絶対だ。その意見に異議を挟《はさ》んだり、反対するものは社を去るしかない。未熟なものは社長の奥深い意図までは理解できないから、わからないうちは盲信しろと、先輩社員からも言われている。

「わかりました」

そう言い残して退出しようとしたとき、宮川はさらに言葉を重ねた。

「社のためだ。わかったね。おまえには期待してる」

——期待してる……。

その言葉が、ジンと胸に染みる。

そんな言葉をかけられたのは、入社以来初めてだ。熱い火が心臓のあたりに灯《とも》って、鼓動《こどう》が乱れる。

部屋に戻り、外出の支度《したく》を整えて、外に出るまで夢見心地だった。

外食チェーン店から漂う肉の匂いに自分がひどく空腹なのに気づいたが、まずは社長の使いを果たすほうが先だと考えて、ひたすら響生は新宿を目指した。

——期待してる、って。

何度も、宮川の言葉を頭の中で繰り返す。たった一言なのにやたらと嬉しくて、全身に力がみなぎる思いだった。この先何年でも、この言葉があれば頑張れる。それほどまでに、宮川に認められたのが嬉しい。

『食楽園』には、響生の思い出がいっぱいに詰まっていた。

——うち、貧乏だったたから、入学式とか卒業式のお祝いは、みんなここでやったよな……。

奨学生だったので優待券がもらえ、それにお金を足して祝った。そのときの従業員の気配りや優しさが、ハンバーグの味とともに思い出として残っている。

新宿までは電車で一本だった。

車両内に下がっている旅行プランの広告に目を引かれはしたが、前に丸一日休みを取ったのはいつだったかさえ思い出せない。休みの日であっても、会社から電話が入ればすぐに駆けつける体制になっていた。

——今年が正念場だから。

そう考えながらも、響生はこの六年間に去っていった社員のことを遠く思い出す。大勢の社員が入れ替わり立ち替わり就職しては、辞《や》めていった。退社するときに、おまえもできれば身体や心を壊さないうちに辞めろと忠告された。

——だけど、俺は丈夫だし、社を大きくするという夢を持っているから。

社長は、『社員は同志』だと語っていた。社長と同じ夢を抱けるのが嬉しい。就職した会社の業績が伸びていくことこそが、響生の喜びでもある。

だからこそ、さらにもっと仕事に励んで、社長に認めてもらいたい。『期待してる』と言われたことが、響生の胸をいつまでも熱くしていた。

響生は新宿で電車を降りてから、酔客の多い通りを歩いて目的地のビルを目指す。

——ええと、ここか。

手にしたスマートフォンの地図アプリに表示されていたのは、新宿西口から徒歩で七分ほどの距離にある高層ビルだった。このビルのいくつかのフロアが、『アクト興産』で占められている。この一等地にこれだけの広さの事務所をかまえられるからには、そこそこの規模の企業だろう。

響生は夜間通用口にいる警備員の許可を得てエレベーターに乗りこみ、二十六階を目指す。半透明のエレベーターの中から都心の夜景が見え、もう深夜なのだと思い知る。

到着するまでの間に、響生はエレベーターの窓の反射を使って、身だしなみを確認した。油断すると、すぐに髪が跳ねたり、ネクタイが曲がっていたりするからだ。

それらについて無頓着だった響生は、ことあるたびに社長に注意されてきた。だからこそ、客と会う前には身だしなみを確認することにしている。

——よし。大丈夫。

深呼吸してから、響生は目的の階でエレベーターを降り、左右を見回した。

ビルの内装は新しく、セキュリティ設備もしっかりしているようだ。『アクト興産』とは聞いたことがなく、名前だけでは業務の内容が少しもわからない。

エレベーターホールは、IDカードを通さないと開かないタイプの透明なドアでフロアと隔絶《かくぜつ》されていたから、響生はそこにあったインターフォンを押した。

『アクト興産です』

すぐにごつい声で、応答がある。フロアにはまだ、煌々《こうこう》と灯《あか》りがついていた。

「私、『食楽園』の社長秘書の井樋と申します。社長の宮川の代理として、こちらに書類を届けに参りました」

『お待ちください』

しばらく待たされてから、確認が取れたのか、同じ声で応答があった。

『そのまま、社長室へ向かってください。入って、廊下の左奥です』

直後に施錠が解除された音が聞こえたので、響生はそのドアを押して廊下に入った。

廊下の左右にはドアが並んでいて、それぞれのフロアに分かれているようだ。ビルはまだどこもかしこも綺麗で真新しく、このようなところが借りられるというだけでも、勢いと金を持った企業であることがうかがえる。

――廊下の左奥って、こっちかな。

プレートを確認しながら進むと、一番奥に社長室と表示されていた。

ノックをすると、すぐにドアが開いて、恰幅《かっぷく》のいいスーツ姿の男が出てくる。響生に入るように伝えてから、彼は入れ違いに廊下に出た。

社長室は広くて、見るからに豪奢《ごうしゃ》な造りだった。海外のブランド品らしい大きなパソコンデスクが目を引くとともに、堂々とした応接セットや、簡単な会議ができるらしい円卓も目に飛びこんでくる。

社長はこちらに背を向ける形で置かれた、大きな肘掛け椅子《いす》にいるようだ。

足を取られそうな毛足の長い絨毯《じゅうたん》を踏んで、響生はその椅子に近づく。

「『食楽園』から、書類を届けに参りました」

この書類を渡せば、自分の仕事は終わりだ。邪魔をしないためにも、椅子の横にあったテーブルに書類を置いて、すぐに退出しようと考えていた。だが、書類を置いたとき、椅子がくるりと回転する。

「ご苦労」

そこに座っている男を見た途端、響生は息を呑《の》まずにはいられなかった。

「荒賀……っ」

革張りの豪奢な椅子に悠然と座っていたのは、半月前に再会したばかりの荒賀だった。

この部屋の豪華な内装に見劣りしないどころか、むしろ君臨しているような迫力を伴っている。高級そうなスーツを身につけ、長い足を高々と組んだ姿は、昔よりさらに迫力を増しているようだった。

心まで見通すようなきつい眼差《まなざ》しを眼鏡で和《やわ》らげてはいたが、それでも荒賀の持つ抜け目のなさは隠しきれていない。

学生時代からただ者ではない雰囲気の持ち主であり、本職となった今は一段と迫力を増しているように思えた。

——ヤクザになったって聞いたけど。……何で、ここに……？

荒賀と『食楽園』の本社ビルで再会したとき、社には近づくなと警告したはずだ。

だが、社長からここに書類を届けろと命じられたからには、『アクト興産』と荒賀は社と関係があるのだろうか。自分の先日の警告の意味はなかったのだろうか。ぐるぐると、そんなことが頭をよぎる。

「何で、おまえ」

荒賀は響生の前で、悪びれることなく笑っていた。悠然と足を組み直しながら、からかうように言ってきた。

「何でって、……どういう意味だ」

途端に、響生は弾かれたように怒鳴った。

「うちに近づくなって、言っただろ……っ！　おまえがヤクザだってこと、社長に警告してもいいんだからな……！」

だが、荒賀は余裕たっぷりの態度を崩さない。手首には、高級そうな時計が覗《のぞ》いていた。靴はピカピカだし、緩めに結んだネクタイには手のこんだ刺繍《ししゅう》が施《ほどこ》されている。この男が身につけているのは、どれもこれもふんだんに金がかけられているように思えた。

「おまえのところの社長が、俺に会いに行けって言ったんだろ」

荒賀は言いきってから、全身の筋力を予感させるしなやかな仕草《しぐさ》で立ち上がった。

荒賀は中学や高校では寡黙《かもく》だった。親がヤクザだということを知らなければ、ひどく優秀な生徒に思える、優雅とも見える立ち居振る舞いをしていた。

だが、荒賀がヤクザの息子だということは他の生徒に知れ渡っていた。住んでいるのが校区内の大豪邸だったから、誰かが後をつければ簡単に身元が割れたのかもしれない。

昔は荒賀のことなど少しも怖いと思ったことはなかったはずなのに、本職のヤクザとなって抜き身の日本刀のような物騒《ぶっそう》な雰囲気を漂わせる男を前にすると、全身に自然に力がこもる。

――何でだろう……？

響生は懸命に考えた。自分が荒賀のことを怖いと思うなんて、素直に受け入れられない。だが、身体が震えそうなのを抑《おさ》えるだけで精一杯だ。

立ち上がると明らかに響生より背の高い荒賀に正面から顔をのぞきこまれ、その目つきの鋭さにゾクッとした。

そのとき、怖いと思った理由がわかった。

——目だ。

昔は、どこか見守るように響生を見ていたというのに、今の荒賀が向けてくる眼差しにはあくまでも他人めいた冷ややかさがある。

そのことに息苦しさを覚え、吐息《といき》がかかりそうな距離に辟易して顔を背《そむ》けようとする。そのとき、ライオンが獲物を嬲《なぶ》るような声で囁かれた。

「書類を渡すだけじゃなくて、他に命じられなかったか」

そんなふうに尋ねられて、社長からのあやふやな指示を思い出す。

「……何か要求されたときには、それに従えって」

それがどんな内容を意味するのか、響生は尋ねたくて荒賀に視線を戻した。荒賀の端麗な顔は、相変わらず驚くほど近くにある。だが、荒賀は身体を引こうとはしない。むしろ、この距離感を楽しむかのように至近距離で立っている。

その作り物めいた表情が、知らない人のもののように見えた。

「その要求っていうのが、何か知ってるか」

「知らない」

響生は一歩下がった。本能的な、身を守るための動きだった。だが、荒賀はすぐに引いた距離を詰めてくる。

五歩ほど退《しりぞ》いたところで背中が壁にぶつかる衝撃が、響生の息を詰まらせた。壁際に追い詰められていることに気づいた途端、響生は目に力をこめて荒賀をにらみつけた。

「社長に不当な要求をしたら、俺が許さないからな……っ！」

社長は何でも従えと言っていたが、荒賀は昔から知っている相手だ。他の社員が怖《お》じ気《け》づくような暴力団が相手でも、相手が荒賀だったら引くつもりはない。

だが、荒賀はくっと喉で笑い、響生の顔の横の壁に腕をついた。その手に体重を乗せて、軽く上体を覆い被《かぶ》せてくる。

「俺がおまえんところの店に、おしぼりでも買わせようとしてるとでも思ってるのか？」

――ん？

響生は眉間に皺を寄せた。

「そんなことを？」

「違うだろ。あいつの元でこき使われてんだろ？　『食楽園』と言えば、ブラックで有名だ。ちゃんと休みは取れてるか？　目は充血してるし、クマがひどい」

じろじろと顔をのぞきこまれて、響生は怒鳴った。

「余計なお世話だ！　ヤクザに言われるほど、ブラックなはず、ないだろ！」

荒賀に翻弄されている。驚くほど冷たい目をしたかと思えば、その直後に気遣《きづか》うようなことを言ってくる荒賀の心が、まるで読み取れない。思い出してみれば、昔から響生は荒賀の心がつかめず、その気まぐれに翻弄され続けてきた。

巧みに言葉を操《あやつ》る荒賀にごまかされて、卒業するまで何を考えているのかわからないことばかりだった。

結局、この関係は今でも変わらないものだと諦《あきら》めて、荒賀の腕を振り払い、その前から抜け出そうとしたときだ。強い力で肩をつかまれて、壁に押し戻された。

――え……？

背中への衝撃に、あらためて息を詰めてまじまじと荒賀を見る。

昔から響生は勉強ばかりで、ケンカなどしたことがない。手を出す必要が全くなかったのは、荒賀がそばにいたためだろう。

荒賀は異様に強いと噂《うわさ》されていたものの、暴力を振るう姿を見たことがなかった。そんな荒賀に肩をつかまれてぐっと壁に押しつけられただけで、まるで動けないことに驚く。そのことに焦《あせ》って身じろぐが、身体に力が入らない。

そんな響生を覗るようにのぞきこんできた荒賀が、声を潜《ひそ》めた。

「おまえは何のために、ここに送り届けられたのか、まだわかっていないのか」

眼鏡の向こうの目が、すうっと細くなっている。

笑顔は崩されていないのに、ひどく不穏《ふおん》な予感がした。

喉元に空気の塊《かたまり》が押しこまれたようになって、呼吸がしにくい。蛇《へび》ににらまれた蛙《かえる》のように、自分がすくみ上がっているのがわかった。それでも荒賀に弱い部分を見せたくなくて、声が震えないようにしながら、響生は言い返す。

「書類を届けるためだよ……っ。離せ、バカ……！」

「おまえが届けるのは、書類じゃない。社長は、何と言った」

「だから、社に不当な要求はするなって言ってんだろ……！」

「あくまでもわからないフリをするつもりか？　それとも、本気でわかってないのか、バージンちゃん」

男相手とは思えない言葉を投げつけられて、響生は大きく目を見開いた。

「今、……何て……」

確かに自分には性的な経験はなかったが、そんな言葉でからかわれたくない。

怒りのために全身が熱くなっていく響生を観察しながら、荒賀が声を一段と潜めた。

「おまえがここに来た役割を、もう一度考えてみろ」

荒賀の目が顔や身体を舐《な》めるように見ていることに気づいて、響生は弾かれたように震えた。

――まさか……。

そういう役割のために、自分は荒賀の元に届けられたとでも言いたいのだろうか。

社長を侮辱《ぶじょく》されている気がして、響生は叫ぶように言っていた。

「離せ……っ！　社長が、……そんなこと約束するはずがない……っ！」

前に会ったとき、社長に可愛がられているだの何だのと荒賀にからかわれたことを思い出す。この容姿のせいで、響生はその手のからかいを受けることがたまにあった。

だが、社長にかぎってその手の汚いことに手を貸すとは思えない。自分の信じていたものを冒瀆《ぼうとく》された気持ちになってがむしゃらに身体に力をこめたが、荒賀の腕は鋼鉄のようにビクともしなかった。

だが、不意に荒賀が腕の力を抜く。

「っう、わ！」

こめていた力のせいで、響生はバランスを崩して前につんのめった。一歩踏み出したときに毛足の長い絨毯に足を取られ、突っ伏す形で床にしたたかに胸を打ちつける。

その痛みのために立ち上がれずにいると、響生の背に荒賀が膝をかけた。

――え？

ぐっと重みがかかってくるのと同時に腕を背後からつかまれ、ぐいっとねじ上げられる。その痛みにうめいて動けなくなったとき、手首に何かが巻きついてきた。

「何…を……っ」

返事はない。

身じろぎするだけで広がる痛みが怖くて息を詰めているうちに、両手首を背中で固く縛られる。手首に食いこむ固い布地の感触は、荒賀のネクタイなのかもしれない。

自由を奪われたことで、不意に恐怖がこみ上げてきた。荒賀は自分に害を与えることはしないと当たり前のように信じこんでいたが、さきほど見せた冷たい目を思い出しただけでその前提が崩れそうになる。何故《なぜ》こんなことをされるのか、荒賀の意図がいまだに理解できない。

「なに、……する……つもり……だよ……っ」

縛られたことで鼓動が一気に跳ね上がり、声が上擦った。パニックで胸が苦しくなったとき、背中に感じていた荒賀の重みがすっと消えた。

だが、これで何かが終わったわけではなく、肩の下に爪先をこじいれるようにして仰向《あおむ》けにひっくり返される。

「……っ！」

見上げた目に飛びこんできたのは、部屋の天井と荒賀の冷ややかな表情だった。

分厚い絨毯の毛足が首筋にチクチクと突き刺さる中で、スーツの上着を脱いでいる荒賀を、響生は呆然《ぼうぜん》と見た。

――怒ってる？

自分の何が、荒賀を刺激したのだろうか。昔からたまに、こんなことがあった。響生のわからない理由で、荒賀が機嫌を損ねたように、プイと自分の前から消えることが。

こんな角度から見上げる荒賀の顔は、取りつく島もなさそうなほど他人めいて見えた。

「おまえんとこの社長が、とあるお願いをかなえる代わりにこいつを好きにしてくださいって、おまえを送りこんできたというところまでは、理解できたか」

そんなことを言いながら、荒賀は脱いだスーツの上着を椅子に置いた。

こんなときだというのに、その仕草はあまりにもなめらかで艶《つや》っぽかった。ワイシャツのボタンを外す荒賀の骨張った大きな手の形と相まって、脳裏に灼《や》きつく。

早く逃げなければならない。何か危険なことが起きようとしていることだけは、響生にもわかる。

それでも、背の下に敷かれた両手が動かせないために響生の動きは大幅に制限され、起き上がることすらできずに、みっともなくもがくだけだ。どうにか立ち上がれそうになったとき、荒賀が響生の前で床に膝をつき、肩をつかんで突き転ばせた。

それを防げずに再び仰向けになった響生の鎖骨《さこつ》のあたりで、荒賀の大きな手が動く。

「初物《はつもの》だろ？　優しくしてやる」

荒賀は響生のネクタイをつかむと、器用な手つきで一気に引き抜いた。さらにその下に着ていたワイシャツのボタンを一つずつ外してくる。響生はゴクリと息を呑んだ。

「やめろ……冗談も、いい加減に……」

いまだに自分が何をされようとしているのか、実感できない。それでも、初めて訪れた会社の社長室の絨毯の床に縛られて転がされるなんて、ただごとではないことだけはわかる。身じろぐたびに、床の硬さがごつごつと骨に響く。

ひたすら怯《おび》えて身体を丸めそうになる自分にカツを入れたくて、響生は再び怒鳴った。

「やめろ……！　離せ……っ！」

荒賀にからかわれているとしか思えない。昔から荒賀には、さんざんからかわれてきた。本心がつかめない。

響生は全身に力をこめ、のしかかってくる荒賀を振り落とそうとした。だが、それはかなわず、荒賀に肩をつかまれた。

その力の強さに怯えて見上げると、荒賀が眼鏡越しに笑っていた。ぜいぜいと肩で息をしている響生に比べて、荒賀はろくに息を乱してもいなかった。

「ここで騒いだって、誰も来やしないぜ。いい加減、おまえが社長に売り渡されたって事実を認めるんだな」

「誰が認めるか…！　社長は、おまえとは違うんだから……！　ヤクザと一緒にするな……！」

響生が必死で言い返すと、荒賀は引きちぎるような勢いで響生のワイシャツを開いた。残っていたボタンが飛んで、素肌が外気にさらされる感触に、響生はくっと息を呑みこむ。

「……何を……っ」

さすがに、これは尋常ではない事態だった。上体が露《あら》わになっている。

男だから、これくらい何でもないと自分を落ち着かせようとしたが、痩《や》せぎすの色の白い肉体を荒賀に見られたくない。学生時代にプールで見た荒賀の、綺麗に筋肉のついた理想的な肉体が不意に脳裏に蘇《よみがえ》る。あんなふうだったら身体を見せるのに躊躇《ちゅうちょ》はないはずだが、響生はピンクの乳首を同級生にからかわれてばかりだった。

パニックに陥《おちい》りそうな息苦しさとともに見上げても、荒賀は笑みを崩してはいなかった。それが、逆に恐怖を掻《か》き立てる。

ぞくりとした震えが爆発的な力を蘇らせ、クタクタになりながらももがかずにはいられなかった。

「やめろ……！　離せ！　はな、せ……っ！」

腕に力をこめるたびに、ネクタイが手首に食いこむ。それでも体当たりをする勢いでがむしゃらに力をこめ、荒賀をどうにか押しのけて、ふらつきながら立ち上がる。

だが、ドアの位置を確かめようと周囲を見回したとき、荒賀に上体を突き飛ばされた。

腕を縛られているから、受け身も取れずに床に叩《たた》きつけられることになる。全身の毛が逆立ち、その予感に息が止まった。

「え、——あ……っ」

だが、肩から倒れこんだのはすぐそばにあったソファの上で、やんわりとしたクッションが響生を受け止める。痛みはなかったが、口から心臓が出そうなほど鼓動が乱れ、全身が冷たい汗で濡《ぬ》れていた。

動けずにいると、ソファに上がってきた荒賀があらためてその身体を仰向けに組み敷いてきた。

「諦めろ。おまえの初物は、俺がもらってやる。ろくでもない相手に奪われたり、一生バージンでいるよりいいだろ」

荒賀は勝手なことをほざきながら、響生の腰を両足でまたいだ。

肌にかかる息にくすぐったさを覚えた次の瞬間、胸元に顔を埋《う》められ、乳首に甘く歯を立てられた。

「っ——！」

いきなりそんなところを刺激されるとは思っていなかっただけに、響生の身体は大きく震えた。

思いがけないほど生々しい刺激にすくみ上がりながら、焦って乳首から荒賀の唇を引きはがそうともがく。だが、それくらいでどうにかなるものではない。吸いついた荒賀の歯に乳首を挟まれ、身じろぎするたびに引っ張られる刺激が強すぎて、動きを止めるしかない。

だが、それでも荒賀はいたずらを止めてはくれず、柔らかな乳首をやわやわと舌先で舐め転がしてきた。他の肌よりも乳首は繊細《せんさい》な感覚を秘めていて、刺激されるたびにぞくぞくとしたものが肌を粟立《あわだ》たせていく。

くすぐったいというより息を詰めたくなるような感覚に、響生は首を振った。

「やめ……ろ……っ！　そこ、触ん…な……！」

だが、そんな抵抗など気にすることなく、荒賀は乳首を丹念《たんねん》に舐め転がしてくる。

次第にその小さな肉芽《にくが》がぷつんと尖《とが》り、それに従って受け止める刺激も大きくなる。神経を直接舐めずられているような生々しい感覚に、身体が急速に熱くなっていくのがわかった。鼓動がますます乱れ、呼吸が浅くなる。

だが、自分が受け止めているのが、性的なものだとは認めたくなかった。背中で縛られた手首のネクタイを外せばどうにかなる気がして、懸命に腕に力をこめる。だが、どう結ばれているのか、ますます食いこむばかりで解けそうな気配はない。

それでも必死にもがいていたとき、荒賀が乳首から少しだけ顔を上げて言った。

「あまり暴れんな。痕《あと》になる。明日から縛られた痕を手首に残して働くのは、恥ずかしいだろ？」

「……っな……！」

恥ずかしいも何も、そんな事態など想像もつかない。

乳首に顔を戻した荒賀に、また軽く歯を立てられて、響生はゾクリと震えた。最初のころはくすぐったさのほうが勝っていたというのに、乳首が尖ってからは甘ったるい刺激ばかりが身体の内側を駆け抜けていく。

さらにちゅっと強めに吸い上げられて、明らかにゾクリとした刺激が肌を粟立たせた。吸われるたびに、だんだんとその感覚が強くなる。

このままでは勃起《ぼっき》しかねず、どうにか乳首への刺激を止めさせたくて焦った。だが、荒賀の唇がそこにあるだけで、驚くほど全身に力が入らない。たっぷりそこに唾液をまぶしつけるように舌を使われると、腰の奥が溶けそうな感覚に息が乱れた。

「ッン……っ」

不意に漏れた声のあまりの甘さに、響生は驚いて唇を噛んだ。それを聞いた荒賀がニヤリと笑い、さらに熱心に乳首を吸い上げてくる。

「っく、……は、……っは……っ」

吸われるたびに、腰が浮きそうな奇妙な感覚が直撃した。

片方だけでもいっぱいいっぱいだというのに、反対側の乳首にも指が伸びてくる。

少し硬くなりかけていた粒を指先でくにっと押し潰されただけで、新たに加わった刺激に息を吞むしかない。それから指の腹を当てて粒をこね回されると、両方からの刺激をどう受け止めていいのかわからず、やたらと全身に無駄な力ばかりがこもる。

「おま……、いい加減に……っ」

やめろ、と言いたいのだが、抗議は形にならなかった。

どうして乳首でそんなふうに感じるのか、わからないままだ。自分で触ったときに、こんなふうになったことはない。女性ではないのだから、乳首で感じるはずはないと頭から信じこんでいた。

「は……っ」

両乳首から広がる刺激をどうにかやり過ごそうと、響生は歯を食い縛ったが、すぐに呼吸が苦しくなってのけぞるように大きく息を吐く。また息を吸いこもうとしたとき、荒賀の顔が驚くほどすぐそばにあって動きを止めると、唇を塞《ふさ》がれる。

——え？

響生はキスすら初めてだ。他ならぬ荒賀にキスされるなんて、思わなかった。

歯を食い縛ることとすら忘れて呆然としていると、荒賀の舌が唇を割って口腔《こうこう》に忍びこみ、舌をからめ捕る。

「…う、……ぁ……っ」

初めての感触を、どう受け止めていいのかわからない。

口の中にある他人の舌の感触に、硬直することしかできない。他人の舌が、自分の口の中で自在に動き回る感覚にすくみ上がっていると、荒賀の指先が濡れた乳首の粒をきゅっとつまみ上げた。

もともと触れられていたほうと合わせて、左右の乳首を同時につままれる。その弾力を楽しむように、指先でこね回された。それだけで、からめられた舌を嚙みそうになるほど身体が震えてくる。口腔にある舌はぬるぬるとしていて、つかみどころがなかった。ただ唾液だけが、止めどなく溢《あふ》れてしまう。

乳首を指先で押し潰されるたびに腰を這《は》い上がってくる快感と、口腔に与えられる生々しい感覚とが混じり合った。頭の中がボーッとして、何が起きているのかさえわからなくなる。荒賀が唇を離す隙に、どうにか呼吸するだけで精一杯だ。

「っむ、……ふ……っ」

舌の根まで舌をからめられながら、両乳首を指先で引っかけられ、きゅっとつまれてねじられる。それを繰り返されるとジンと甘ったるい刺激が走るようになり、強くなるばかりの体感を逃すべく、腰が揺れた。

股間を荒賀に押しつける形になったときに初めて、響生は自分が勃起していることに気づいた。

——え？　勃《た》ってる……！

その途端、羞恥《しゅうち》と驚きで顔が爆発しそうになった。

——何で、……こんな……っ！

自分のそこの硬さは荒賀にも感じ取れたはずだと思うと、狼狽《ろうばい》のあまりがむしゃらに身体をひねって、荒賀の下から逃れようとした。

だが、唇を外すことすら許されず、お仕置きのように爪を立てて乳首を引っ張られた。乳首の感覚の甘さを増長するようなその刺激に硬直すると、響生の腰に荒賀の腰が押し当てられ、体重とともに性器をやんわりと圧迫される。

——荒賀も、……勃ってる……？

そのことを知った途端、羞恥と興奮が全身を突き抜けた。股間同士を擦《す》りつけるように腰を揺すられる異様な感覚に、息が上がっていく。

どうしようもなく性器がガチガチになったとき、ようやく荒賀が口を離し、はぁはぁと乱れた呼吸

をするだけになった響生の顔を真上からのぞきこんだ。目が合うと、人の悪い笑みを浮かべる。

「感じてるんなら、もっと声出してみろ。そのほうが、そそる」

まるで合意の上のセックスのようなことを口走られて、反論しようとした。

「誰が……っ！　そんな……っ」

だが、硬く尖った両乳首を指先でくりっとひねられると、変な声を出さずにいるだけで精一杯だ。

「ちが……っ、…も、…やめろ……っ」

何でこんなことになっているのかわからない。ひどく混乱したまま大きく首を振ったとき、また荒賀が胸元に顔を落としてきた。さきほど口に含んだのとは反対側の粒を、いきなり歯で器用に挟みこんで、やわやわと刺激を加えてくる。

「っぅ、あ！」

一段と甘ったるく身体の芯を直撃する悦楽に、響生は狼狽しきった声を漏らした。

身体の中で、完全にスイッチが入っていた。普段はこんなことはないというのに、今の響生の身体は、どこに触れられてもそれを性的な刺激に変えてしまう。

その声を聞きつけて、荒賀が楽しげに笑った。また粒を唇に含み、舌のざらつきを利用して押し潰すように転がしながら、空いた手を下腹部まで下ろしていく。

ちゅ、と濡れた音を立てて乳首を吸われるのと、スラックスの上からペニスを包みこむように手でなぞられたのは同時だった。やんわりと握りこまれて、全身が大きく跳ね上がる。荒賀の手の中で、ドクン、とペニスが大きく脈打つ感覚が生み出されたことに、響生は首を振った。

「やだ、……触んな、……っ、そこ……っ！」

荒賀が何のつもりで、自分に触れるのかわからない。まだからかわれているという感覚が消えない。触れられて、ここまで感じている自分も許容できなかった。このままでは射精してしまいそうなほど追い詰められているのが、怖くてたまらない。

だが、荒賀は響生の抵抗を無視して、スラックスの上からそこの形をなぞるように指を動かしていく。その指に辿《たど》られて、自分のものがどれだけ大きくなっているのか実感する。それと同時に、与えられる刺激の甘さに、響生は追い詰められていくしかない。

「っふ、や、……っや、……っやだ……っ」

のけぞりながら、荒賀の指から必死で逃れようと身体をよじった。

半泣きでパニックに陥り、目尻には涙が浮かんでいた。今はただ、この感覚を遮断することしか頭になかった。

がむしゃらに足を動かしたが、革靴はソファで滑り、まともな抵抗にならない。暴れるうちに、片方の靴が脱げて、どこかに落ちた。

「こんなにも勃てて、嫌だなんて通用すると思うか。悦《い》いなら、悦いって言ってみな」

そんな言葉と一緒にスラックスのベルトが外され、ついに荒賀の手が下着の中に直接突っこまれた。

「……ひっ……！」

完勃ちになったそれを握りこまれて、その生々しい指の感触に、響生の心臓がドクリと跳ね上がる。指先の動きがペニスに伝わるだけで、そこにどくどくと血液が流れこんでいく感覚があった。

さらに指をからみつけられたままカリ下までしごき上げられて、感電したように震える。まともに声も出せなくなるような悦楽にさらされて、響生は涙声で訴えずにはいられなかった。

「……っぁ、……ッン、……や、…やだ……っ！」

敏感すぎるところを握られて抵抗は形にならず、その手の中で硬く張りつめていくばかりだ。こんなふうにされるなんて許せないのに、悦楽が屈辱を上回り、慌ただしく呼吸をすることしかできない。さほど時間もかからずに、響生はその手の中で昇りつめた。

「っん、く――っ……！」

ペニスがジンと弾けるような感覚とともに、痛いほどの勢いで精液が吐き出される。

しばらくは頭が真っ白だったが、正気を取り戻した一瞬、とんでもない失態を見せた恐怖に全身がすくみ上がる。だが、イった後のこととて、全身から力が抜けていた。

何も考えられずに、響生はぼんやりと目を見開いたまま、乱れきった息を整えることしかできない。瞬《まばた》きとともに目尻を涙が伝っていく。動くものに視線を向けると、荒賀がてのひらで受け止めたものをティッシュで始末しているところだった。だが、それに反応することもできない。

ティッシュを捨ててから、荒賀は響生の太腿《ふともも》にからんでいた衣服に手をかけた。

「ほら。……少し、腰、上げろ……」

それに従ってしまったのは、汚れた下着が気持ち悪かったからだ。

だが、片方残っていた靴も脱がされ、下半身に残るのはナイロン靴下だけという姿にされると、急に心細さがつのる。

自分の姿を顧《かえり》みれば、残っているのは腕を縛られたために肩のあたりにまとわりついた衣服だけだ。それもぐちゃぐちゃに乱れきっている。それが荒賀の目にどんなふうに見えるだろうと考えながら、手首にからむネクタイが解けないかともがいていると、脱がした衣服を向かいのソファに投げた荒賀が、ソファに戻ってきた。

太腿をなぞりながら、顔をのぞきこまれる。荒賀に触れられただけで、肌がぞくぞくした。

「……俺のほうも、イかせてくれるか？」

その言葉の意味が、すぐには理解できない。

「え？　あ、……あの……っ」

荒賀がイクために、くわえろとか手でしろとかと言っているのだろうか。それすらわからずにいるうちに、響生は腰をつかまれてうつ伏せにひっくり返されていた。

「つうわ！」

顔がソファに埋もれ、呼吸を確保するために横を向いた。ビックリしたが、身体の下に敷かれて痺《しび》れかけていた手が、その体勢のために少しだけ楽になる。指先をもぞっと動かしていると、腰を支えられて膝を立てさせられる。

「っ……！」

その後で、自分の取らされた姿の淫猥《いんわい》さに硬直した。これは背後にいる荒賀に、腰を突き出す形ではないだろうか。何か嫌な予感がしたから反転して逃れようとしたが、身体をまともにねじる間もなく、腰骨のあたりをしっかり抱えこまれた。

あらぬところをのぞきこまれたような気配に、ゾッと鳥肌を立てたとき、双丘《そうきゅう》の狭間《はざま》に何かが押し当てられ、後孔《こうこう》をこねくり回されるように刺激された。

「な…」

触れているのは、指だろうか。

痺れるような感覚が、そこから背筋を伝う。腰がジンと重くなるような、へその奥が痛くなるような刺激だ。慣れない感覚が気持ち悪いのに、抱えこまれた腰を逃がすこともできない。

「やだ、……っ、も……っ！」

「逃げんなよ。悦《よ》くしてやるから」

荒賀が括約筋《かつやくきん》のあたりを指でこねくり回しながら、低く囁く。そこに指があるだけで中に入れられそうな不安があって、気が抜けない。響生は祈るようなポーズで額をソファに押しつけた。

「何を、する…ッ、…つもりだ……」

「何って、……わかるだろ、バージンでも。ここは出すところだが、入れるところでもあるんだって」

荒賀の声はあくまでも甘ったるく、楽しげだ。それでも逆らうことを許さない意志が、秘められている。

入れるところと言われて、響生は感電したように震えた。

もしかして、自分は犯されるのだろうか。

「俺は、……こんなの、許してない」

「堅く考えんな。初めてなら、優しくしてやる。病みつきになるかもしれないぜ」

そんな声とともに、熱い弾力のある何かが後孔に押しつけられた。生温かさと痺れるような感覚が、尾《び》てい骨のあたりから広がっていく。入口の縁をぬるぬると舐めずられる感触に、響生は震え上がって首を振った。

——まさか、舌？　……舐められてる……？

「やっ……！　……や、…ッ…そこ、……や…ぁ…っ！」

腕を縛られながらも、絶えず身体を揺すって逃れようとせずにはいられない。

熱く濡れた舌は後孔ばかりではなく、蟻《あり》の門《と》渡りのあたりまで大胆に這い回った。その狭間の部分で触れないところはないほど、平べったくした舌先を余すことなく這わせる。他人に触れさせることはもちろん、見せることすら恥ずかしい部分なだけに、どこに触れられても響生はぞくぞくと全身を嫌悪に粟立てずにはいられない。

「っぁ、……っぁあ……っ」

さらに後孔の縁を集中的に舐めずられ、中に入ってきそうなその勢いが怖くて、ぎゅっとそこに力をこめた。入口の感覚は中にまで連動しているのか、身体の奥にまで痺れが走る。

だがずっと力を入れ続けることができずに力を抜いたとき、それを待っていたかのように、舌が中にくぷりと突きたてられた。

「っひ！　ンぁ！」

粘膜《ねんまく》を直接舐められる淫靡《いんび》な感覚に肌が粟立ち、懸命に力をこめる。それによってぬるりと舌が押し出される感覚に息を呑んだ。

だが、またずっと力を入れ続けることができなくなると、舌が体内に入りこんでくる。何度もそれを繰り返されて、力が抜けっぱなしになった。

くぷくぷと入口を舐め溶かすように舌を出し入れされて、頭の奥が痺れるような、奇妙な感覚に涎《よだれ》が溢れる。

どうして、こんなことになっているのかわからなかった。響生は犬のように口を開けっぱなしにして、呼吸しながら考える。荒賀とは昔からの付き合いだ。

ようやく荒賀の舌が離れ、上体を起こした気配に、響生はホッとした。溢れた涙が、頬を伝っていく。だが、舌の代わりに別の硬いものが、ぬぬぬっと体内に入りこんできた。

「っひ、あっぁ…！」

舌よりずっと太くて、ハッキリとした硬さがあるものだ。その初めての感触に、響生の襞《ひだ》がとまどってきゅうきゅうと締めつけた。

——指……？

「っやだ、ぁ……っ」

より強烈な刺激を拒んで、響生は必死で不自由な身体をよじり、できるかぎり前に逃げようとした。排泄《はいせつ》器官としか思っていなかったところを、こんなふうに集中的に弄《いじ》られるなんて耐えられない。だが、あっさりと腰を引き戻され、指の根元まで穿《うが》たれる。

それで終わりではなく、指をゆっくりと引き出された。

「ぁ、……っや、……っや……っ」

抜き出される刺激の異様さに、ぞくぞくと太腿が震える。

どこにどう力を入れたら、この刺激が軽減できるのかわからなかった。勝手に襞が強張ったり、柔らかくなったりする。爪先にまで痙攣《けいれん》が走った。

「っ、……っん、ん……っ」

混乱しきった響生の中で、指はゆっくりした往復を繰り返した。

指がもたらす違和感は強烈すぎた。最初は襞がひきつるような小さな痛みがあったが、指を動かされるにつれて馴染《なじ》んでくる。指がスムーズに動かせるようになると、荒賀は少し指を曲げて、襞を引っかくように刺激した。

「っは、……は……っ」

逃れられない響生は、必死で力を抜くしかなかった。腹を捌《さば》かれようとする小動物のように、荒賀のなすがままにされるしかない。力を入れるよりも、抜いていたほうが受け止める刺激は小さくなると、ようやくわかってきたところだ。

だが、全身から汗が噴《ふ》き出し、下腹が疼《うず》くような奇妙な感覚が生まれ出していた。自分がこの行為に、勃起したままでいるなんて信じられない。硬くなったペニスを持てあましながらも、羞恥と混乱でいっぱいになっていた。耳が痛いほど赤く染まり、涎と涙が止まらなくなっている。

さらに指をもう一本増やされたのか、ねじこまれた指の圧力に、響生はうめいた。

「う、……っあ、……っ、や、……も……っ」

とっくに涙声だ。男としてこんな状況を甘受《かんじゅ》するわけにはいかないのに、逃れられないでいる自分の情けなさを嫌というほど思い知らされている。

二本目の指のもたらす痛みから逃れようとしていると、荒賀が耳元で低く囁いた。

「力を抜け。……これくらいなら、軽く入る」

「そんなはず……っひ、……っぁ、……っやぁあ……っ！」

喋《しゃべ》っている最中に強引に押しこまれた指によって、ピリピリとした痛みが広がる。二本の指を合わせてゆっくりと動かされると、体内にある荒賀の指の形が頭の中で思い描けそうなほど、襞がぴったりと貼りついているのがわかった。長くて形のいい荒賀の指が、今、自分の体内にあるのだと思っただけで、襞が灼けたように熱くなる。

「すぐに柔らかくなってくるな。……おまえには、素質がある」

「そんな、……っ、素質……ない……っ」

喋るだけで腹腔《ふくこう》にビリビリと響くから、声に力もこめられない。

指の腹を襞にこすりつけるようにぐりぐりと抉《えぐ》られるにつれて、荒賀が言った通りにそこが柔らかくほぐれ、ねっとりとからみつくような感覚が生まれているからマズい。刺激を受けるたびに、中の感覚というものが少しずつ把握できるようになる。

「っは……っ」

縁のあたりで出し入れされるのが気持ちがいいだけではなく、特別感じるところが奥に潜んでいた。そこをなぞられるたびに太腿がびくりと震え、締めつけてしまう。それは、荒賀にも感じ取れたらしい。

「このあたりが感じるのか？　抉るたびに、からみついてくるな」

「そんな……はず、……ある、もん、か…」

荒賀に知られた驚きに、響生は狼狽して息を吐く。

だからこそ次にそこをかすめられたときには全く反応せずにいたかったのに、やはりびくりと腰が揺れて、その指を締めつけずにはいられない。

「ツン、……っは、……っは……っ」

荒賀はそれが楽しかったのか、より感じるところを見つけ出そうとそのあたりを指で抉ってくる。

ますます感じる部分を指で見つけ出されそうなことに、響生は震える。中で受け止める痺れは、指が動くたびに強くなっていく。

「っふ、……っぁあ！」

ついに感電しそうなほど感じるところを見つけられて、皮膚《ひふ》が総毛立《そうけだ》った。驚きのあまり、締めつけずにはいられない。

「ギチギチだな」

だが、荒賀はそんな締めつけに逆らって、指を押しつけていく。指に圧迫されるだけで強烈な快感が広がり、わなわなと腰が震えた。ペニスがトクンと脈打って、その先端から少量蜜が吐き出された感覚があった。

「ここか。おまえの前立腺《ぜんりつせん》は。すごくひくつくな。抜けないぐらい」

からかうように言われながら、二本の指の間を開いて中に空気を入れられる。その羞恥と奇妙な感覚とに、きゅっとさらに臀部《でんぶ》に力がこもった。

「っ……や、ぁ……っ」

次に中にある二本の指がバラバラに動かされ、交互に感じるところをなぞられる。そんなふうにされるたびにぞくぞくと悦楽が全身に流しこまれ、指のあるところから身体が溶けていく。自分の体内に、こんなふうに感じるところがあるなんて知らなかった。

最初はあったはずのピリピリとした襞の痛みは、いつしか消え失せていた。これ以上中に指を入れられていたら、それだけでイクかもしれない。そんな予感があるほどだ。

「も、……やだ……っ」

だからこそ、身体の熱さに響生は首を振ってうめく。

だが、響生の訴えを聞いても、荒賀は笑うだけだった。

「もっと慣らしておかないと、俺のはデカいから」

——え……?

それがどういう意味なのか、想像したくなかった。だが、その大きさを予感した途端、襞がきゅうっと締まる。

二本合わせた指で感じる部分を小刻みに抉られると、ペニスの先から止めどなく先走りの蜜が溢れているような奇妙な感覚があった。

「っあ、……ふ、……ぁ、ン……っ」

掻き回されるたびに、甘ったるい声が抑えきれない。

こんなところを掻き回されて感じているという異常事態に、まともに頭が働かない。自分の後孔がこんなふうになるなんて、考えたこともなかった。指のあるところから広がるぞくぞくとする感覚に、囚《とら》われることしかできない。

「すごいな」

荒賀が指の動きを止めて囁いた。

「おまえの身体が俺の指を食い締めて、奥へ奥へと導いてんのがわかるか？　すごく欲しがってる」

指摘されて、響生はむずかるように首を振った。硬く張りつめたペニスがひどく疼き、そこを何かにこすりつけたいような気持ちも生み出されていた。

後孔の反応を言葉にされたことで、自分の中の蠢きがことさら意識される。荒賀の指にからみつき、動きをねだるように締めつけては弛緩《しかん》するのを繰り返していた。

「は……」

正気を取り戻そうと、響生は大きく息を吐く。

だが、体内の熱はまるで解消されず、荒賀の指にからみつく襞の動きも止められない。

「そろそろ指じゃなくて、デカいのが欲しいか？」

「ふ、……あ？」

何を言われているのかわからないでいる間に、指が引き抜かれた。

指がなくなってもそこはジンジンと疼き、何か入れられるのを待つかのようにヒクリと大きく収縮した。

荒賀がそんな響生の身体を仰向けにひっくり返し、両膝を割る形で重みをかけてくる。

「っく……っ」

腰が半《なか》ば浮いた。荒賀の前に、何もかもさらけ出す姿だ。呆《ほう》けていた響生も、さすがに正気に引き戻されそうになる。

――これ、どう……いう……。

そのとき、足の奥に熱いものがあてがわれた。その先端で狭間をぬるりとなぞられただけで、火傷《やけど》しそうな熱さと大きさに響生は硬直する。見上げると、熱に浮かされたような荒賀の顔が、すぐそばにあった。荒賀はずっとかけていた眼鏡を外して、手の届くところに置く。

眼鏡なしの荒賀の顔は、ひどく野性的に見えた。腹を見せ、足を割られて無防備にされた響生とは、対照的な姿だ。

そのとき、大きく広げられた足の奥に押し当てられた性器が、円を描くように動いた。先走りを塗りこむような動きに力が抜けた一瞬の隙を狙《ねら》って、脈打つ大きなものが響生の身体に突き立てられる。

「ッ、……ぁあ……っ！」

大きく縁を割り開かれる痛みに、悲鳴に近い声が上がった。想像以上の衝撃に身体が弓なりにのけぞって、荒賀のものを拒もうとした。だが、それを待っていたかのように、荒賀は両手で響生の両乳首をつまみ上げる。それを引っ張って指の先で転がされると、こめられていた力が抜ける。

その期を逃さず、荒賀はペニスに重みをかけてきた。

「は、……っぁ、あ……っ」

ジリジリと身体をこじ開けられ、深くまで開かれていく感覚に、響生は顎《あご》を上げた。

力をこめようとするたびに乳首を引っ張られ、そこから広がる刺激に腰砕けになる。

「バ、……やめ、ろ、……無理……だっ」

「無理じゃない。どんどん開いてくる」

荒賀の上擦ってかすれた声が、艶っぽく耳を犯した。

「無理だっ……、ぜった……っあ！　……っく、ぅ……っ」

言い終わらないうちに、さらにズズッと五センチほど押しこまれ、その充溢感《じゅういつかん》に息を呑んだ。

硬くて熱いそれに身体を串刺しにされるのは、異様な感覚だった。到底体内に入るとは思えない大きさのものを、荒賀は焦ることなく、少し押しこんでは引き、引いてはまた呑みこませていく。

動かされるたびに掻き立てられる排泄感に背筋が震え、乳首への刺激とともに、身体をギチギチにされていくのを受け止めることしかできなかった。

乳首をやたらとつままれて、転がされていた。荒賀の指はずっと胸元から離れず、たまに夢中になると指に力が強くこもりすぎて、痛み混じりの感触が広がる。だが、その痛みにも感じていた。

ずる、と呑みこまされるたびに、圧迫感に全身が硬直する。一番太い部分を呑みこまされてしまってからは、深くされるばかりだ。

「っは、……っや、……ッ無理、……壊れ……る……っ」

それでも、体内に他人のペニスがあるという状況が受け入れられない。呼吸をするたびに荒賀のものの存在感を嫌というほど思い知らされ、自分の身体が他人に占領されていく感覚から逃れたくてどうしようもない。

「っやだ、……も、……抜け……っ」

声を出すのもままならない中、必死で訴えても、荒賀は響生を見下ろして笑うばかりだ。その目は快楽と征服欲に輝いており、響生の屈辱をあざ笑っているようだった。顔をのぞきこまれたまま、さらに膝を抱えられて深くまで打ちこまれていく。

「……入った」

一段と強い突き上げの後で、ようやく荒賀は動きを止めた。充溢感のあまり、まともに口を閉じることもできなくなった響生は、こんな顔を見られたくなくて、視線を外す。

隙間もなく押し開かれた襞がジンジンと痺れ、中にある荒賀の形が嫌というほど伝わってきた。浅くしか呼吸ができなくなるほど、その存在感がすごい。

何も感じずにいたいのに、どうしても意識がそこばかりに集中する。

「痛いか？」

いたわるように尋ねられた瞬間、響生はぽろりと涙を溢れさせた。

「いたい…、…よ……っ」

どうしてこんなことになっているのか、わからない。思春期にはこのような淫《みだ》らな夢を見て、飛び起きたことがあった。

絶対にあり得ないとしか思えなかったというのに、どうしてただの夢想が現実になっているのだろうか。しかも、最悪の形で。

子供のように、しゃくり上げて泣いていた。痙攣が走るたびに下肢《かし》から広がる痛みに息を呑んでいると、荒賀の手が慰《なぐさ》めるように頭に添えられ、顔が乳首に落ちていく。軽く乳首を吸われただけで、甘ったるい快感に詰めた息が漏れた。

さらに乳首をくりくりと舌先で転がされると、全身から次第に力が抜けていくのがわかる。それでも圧迫感は薄まらず、襞の中で荒賀のものがドクリドクリと脈打っているのがリアルに感じ取れる。

「っは、……っは、は……っ」

涙が治まったころには、痛みは麻痺《まひ》していた。荒賀の大きさに襞が強制的に慣らされ、痺れるような感覚がそこからわき上がってくる。

胸元に顔を埋めたままの状態で、荒賀が腰をゆっくりと動かし始めた。

「……っ、……っふ、ぁ……」

巨大なものが自分の中で動く感覚に、響生の唇から狼狽しきった声が漏れる。引き抜かれることで密着した襞が一気に刺激され、強烈な刺激に背筋が震える。

「っは、は……っ」

涙が瞳の端からこぼれ落ちた。

このわけのわからない感覚を、どうすれば耐え抜けるのかわからない。

引き抜かれる感覚をどうにかやり過ごしたかと思うと、また押しこまれる。深くまで押しこまれる恐怖に、自然と身体に力がこもった。

だが、不意に乳首をつままれて、ビクンと大きく身体が跳ね上がった。

「つうぁ、あ……っ」

荒賀の指や唇であやすように乳首を転がされるたびに甘ったるい快感がわき上がり、体内の刺激に甘さが加わる。大きなものを動かされる痛みと快感が、響生の中で複雑に入り混じっていた。

それでも、とにかく圧迫感がひどい。

どんな罰を受けているのかと思うほど、みっしりと押しこめられていた。だが、その大きなもので抉られる前立腺から、息苦しいような感覚がわき上がっていた。

こんなふうにされていて気持ち良く感じられるはずがないのに、荒賀が動くたびに、切ないような疼きが呼び起こされる。その大きさに馴染むにつれ、襞が荒賀のペニスにひくひくとからみついていくのがわかった。

「つは、……は、は、……っ」

軋《きし》むような苦痛の中で、別の感覚のほうが次第に強くなっていく。

動かれるのと同時に、硬くしこっていた乳首を両手で捕らえられて転がされ、力が抜けたところを一気に深くまで割り広げられて、その強烈さに目が眩《くら》む。

頭の中が真っ白になって、ただ喘《あえ》ぐことだけしかできなくなった響生に、荒賀は息を乱しながら言ってきた。

「あと少しだけ耐えろ。中で出してやるから。そうしたら、だいぶ楽になる」

——中で、…出す……？

驚きに響生は息を呑んだ。そんなの冗談ではないと考えているのに、揺さぶられるたびに前立腺が刺激され、大きく広げられた足の内側にぴくんと痙攣が走るようになっていた。これをどう受け止めていいのかわからず、やりきれなさに涙が溢れた。

体内を駆け巡る感覚が何だか認めたくなかったのに、荒賀が不意に手を前に回して、響生のものを握りしめた。

「おまえ、こんなにも勃ててんだ？」

からかうような言葉とともにしごかれると、他人の手によって掻き立てられる強制的な快感に息が弾む。

ペニスをしごかれるのに合わせて身体を深くまで穿たれ、何が何だかわからないままに、響生は絶頂まで押し上げられた。

「っひぁ、あ、……や、や……っぁ、あ……っ！」

ぞくぞくと震えながら、響生はペニスの先から白濁《はくだく》を吐き出す。

その締めつけの最中で、荒賀も中で放ったのがわかった。

「っぁ――っ……ん……っ」

体内に広がる生温かさに、響生は自分が失禁したような背徳感を覚える。

だが、荒賀はイっても終わってはくれなかった。白濁を中に塗りこむように大きく動いたかと思うと、また新たな突き上げを繰り返す。ぬめりが増したために、荒賀はさきほどよりもずっと動きやすくなったようだ。

「っは、は、……や、……抜け……っ」

荒賀が抜き差しを繰り返すから、射精の絶頂感が治まってくれない。過敏なほど敏感になった襞の中で容赦《ようしゃ》なく動かれて、涙が溢れる。

荒賀のものが突き刺さってくるたびに、その熱さに息が漏れた。衝撃を逃がすことができず、深くまで突き刺さる感覚を否応《いやおう》なしに受け止めることになる。

「すげ……。ぬるぬる……。気持ちい……」

荒賀の浮かされたようなつぶやきとともに、疼く乳首に指が伸びてきて引っ張られた。

その痛みに締めつける中を掻き回すように腰を使われ、響生の口から上擦った悲鳴が漏れた。

ガクガクと太腿が震え、何がどうなっているのかわからない。

乳首がまたやわやわと指の間で転がされ、腰を引きつけられるのと同時に、深くまでねじこまれる。

「っぁ、……っぁ、あ……ッン、ン……っ」

もはや声を制御《せいぎょ》することは不可能だった。

唇は開きっぱなしで、その端から唾液が滴《したた》る。そんなふうにされるほど、自分の身体は開ききっているのだと思い知らされる。強烈に抉られた襞から甘ったるい刺激が駆け抜け、涙が溢れた。

荒賀のものが自分の中で、極限まで硬く熱くなっていくのが感じ取れる。もはや痛みはまるで存在しておらず、荒賀に抉られる前立腺から淫靡な疼きが広がっていくのを認めざるを得ない。

射精の余韻に弛緩しきっていた身体に、少しずつ力が戻っていくのがわかった。それにつれて中の圧迫感も増していたが、もはやどれだけ大きく動かれても、響生は悦楽しか感じられないようになっていた。

深い部分まで掻き回すように腰を揺らされるのがたまらなく悦く、前立腺をかすめるように突き上げられると、その悦さに太腿にまで痙攣が走った。

「っく、……う……っ」

無理やりこんなふうにされて、感じるなんてあり得ないはずだ。

そう考えているというのに、くわえこんだ荒賀のものが、粘膜にたまらない甘ったるさと快感を強制的に送りこんでくる。まだキツさと違和感はあるというのに、それでも全身の感覚が快感ばかりを選んで増幅しようとしていた。

——何、これ……。

引き抜かれるたびに粘膜に甘ったるい疼きが残り、早くそこを抉ってもらいたくてたまらないほどだ。そんな自分に嫌悪感を覚えるのに、どうにもならない。

「そろそろ、……イクか？」

尋ねられて、響生は呆然と荒賀を見た。すでに余裕も何もなかった。早くこれを終わらせてもらうことしか頭にない。

そんな響生の姿を見つめてかすかに笑ってから、荒賀は響生の太腿を抱え直し、ラストスパートの動きに入った。

「やあ……ぁ、うっ……は、は……っ！」

不慣れな響生は、その激しさを受け止めるだけでもやっとだ。荒賀がそんな響生の膝を固定しながら奥までねじこみ、悦楽に歪《ゆが》む表情を観察しているのだからたまらない。

荒賀は響生が顔を歪ませずにはいられないほど、感じるところばかりを狙いすまして抉ってきた。

たっぷりと表情を観察しながら、荒賀は息を切らせて囁く。

「すげえ、……おまえの中、……どんどん気持ち良くなる。ぬるぬるで、柔らかく、締めつけてくる。……やらしい身体。病みつきに……、なりそ……」

響生だけではなく、荒賀も蠢く襞に快感を得ているらしい。

「っは、……ン、……ッン……っ」

抉られるたびに漏れてしまう甘い声に、響生は自分でも煽《あお》られていく。

深くまで押しこまれると背筋が震え、引き抜かれるときの摩擦にもゾクゾクする。粘膜の疼きがいつまでも治まらず、動きに合わせて絶え間なく快感が背筋を駆け抜けていく。

「……ッン、……は、は……」

下腹にたまったマグマが、一気にせり上がっていくのがわかった。その感覚に、もうじきまた自分はイクのだと覚悟した。

抱え上げられた膝はキシキシ痛むし、全身が軋むほど荒賀に好き勝手されている。こんなところにあんな大きなものをくわえさせられて感じるはずがない。痛くて苦しいし、気持ちが悪い。

——息だって、……こんなに苦しい……。

なのに、圧倒的に存在しているのは、犯される快感だった。屈辱と羞恥の狭間で、響生はガンガンと深くまで穿たれ、三度目の悦楽に辿り着く。

——あ、……イク……っ！

目眩《めまい》がするほどの絶頂感だった。

イク寸前の強烈な襞の蠢きに誘発されたのか、荒賀が体重をかけて可能なかぎり深い部分にまで叩きつけた。その突きこみに、響生はのけぞる。

「——っ」

身体が溶けるような感覚に踏みとどまることができずに、響生も何度にも分けて放つ。

「ッ——ぁ、……っぁ、あ……っ」

精液が、尿道を灼くように感じられた。

ぶるっと大きな痙攣が走る。荒賀が自分の中で吐き出したのを最後に、響生の意識はそこで不意に途切れた。


目が覚めたとき、響生はソファで一人、転がされていた。

身じろぎをしただけで全身から痛みが広がり、喉の奥でうめき声を押し殺す。肩や腕がひどく痛い。毛布にくるまった下半身の感覚がないほどだ。

「起きたか」

そのとき、気配に気づいたのか、荒賀の声がした。誰かが、ソファのほうに近づいてくる。

響生は反射的に身体を起こそうとした。だが、その動きによってズキンと腰に痛みが走り、中途半《ちゅうとはん》端《ば》な状態で動けなくなる。

毛布の下に何も着ていないことに気づかされたのは、そのときだ。自分の身体が男の欲望の対象にされたという事実を思い出したことで、ひどい混乱と不安が響生を襲った。

——犯された……。荒賀に。

好きなように身体をもてあそばれ、突っこまれて射精されたことを認識するだけで、全身が屈辱に熱くなる。

身体は痛いし、心は不安定で今にも泣き出しそうなほど惨《みじ》めだ。だが、響生は懸命にプライドを掻き集め、全身に鎧《よろい》のように毛布を巻きつけて、ソファのすぐ横に立った荒賀を見上げた。

だが、見下ろしてくる荒賀は、少しも悪びれてはいなかった。

風呂上がりなのか、濡れた髪がオールバックに撫《な》でつけられ、男前が一段と上がっていた。

その眼差しの平静さに、響生は混乱を覚えた。

「飲むか？」

冷えたペットボトルを差し出されたが、この男に施しを受けるなんて考えられない。

「いらない……！」

出した声は、驚くほどかすれていた。響生はソファに手をついて上体を起こし、咳《せき》払いをして元の調子に戻そうとする。

「……二度と、……俺にも、…社にも近づくな……っ！」

それでも、精一杯の迫力をこめて警告したつもりだった。

だが、荒賀は嘲《あざけ》る調子で返した。

「そうはいくか」

荒賀の整った顔に浮かんでいるのは、信じられないほど酷薄《こくはく》な笑みだった。眼鏡がないからこそ、冷ややかさが際立つのだろうか。自分の欲望のためなら、どんなふうに相手を踏みにじってもかまわないと確信しているような態度だ。

そのためらいのなさに絶句していると、荒賀はふと視線をそらせ、前髪を掻き上げながら独りごちた。

「一回やれば落ち着くかと思ったが、そうでもないもんだな」

――な……っ。

この男が、何を言っているのかわからない。昔からそうだった。はぐらかされてばかりだった。

それでも、今日ばかりは話をつけておかなければならない。とんでもないことをされた衝撃と痛みが、心と身体の両方に残っている。

学生時代から、荒賀には近づかないほうがいいと、親切めかして忠告してくる同級生や教師が何人もいた。あいつは血も涙もない男だと。だが、何を言ってるんだと一切聞き入れずにきた。その意味を、響生はようやく身に染みて理解したような気がする。

――荒賀はヤクザなんだ……。

昔は、響生は荒賀の唯一に近い『友人』だった。

だが、今はそうではない。

どうしてこうなったのか、響生にはわかっていた。

――絶交したから……。

高校の卒業式の日、響生はあらためて荒賀に尋ねた。将来、ヤクザになるつもりなのかと。

荒賀は頭もいいし、要領もいい。ヤクザにならなくても、他にまともにやっていける道は、いくらでもあるはずだと考えていた。

何度聞いても、その日まではまともに返してくれなかった答えを、荒賀はようやく口にした。

『なるんじゃないの？　うち、俺に期待してるから』

どうでもいいことのように答えられて、響生は全身がカッと熱くなるのを感じた。ヤクザになるなと、ことあるごとに忠告してきたつもりだった。

ヤクザは危険だし、不自由な生き方を強《し》いられることになる。お天道《てんとう》様の下を歩けなくなる。

自分の意見がまるで受け入れられなかったことに、響生はひどく軽んじられたような憤《いきどお》りを覚えた。

『そうなったら、絶交って言っただろ！　俺、ヤクザの友達はいらないから……！』

荒賀はヤクザになるしかないのだということは、薄々感じ取っていた。

周囲が荒賀にその期待を背負わせていたし、荒賀もその運命を受け入れているように思えたからだ。

だが、響生は嫌だった。

荒賀が自分とは別の世界の人になってしまうことが。

そして今、荒賀は、自分とは明らかに別の世界に属している。

――絶交して、荒賀とは他人になった。

その意味を、響生は身に染みて思い知らされた。犯された全身の痛みを感じながら、響生は毛布を強く握りしめる。

「……二度と、俺に近づくな」

全ての思いをこめて、荒賀に告げた。

ボロボロになったプライドを、どうにか取り繕《つくろ》いたい。だが、荒賀は嘲りの表情を崩さない。

「命令するのは、おまえじゃない。俺だ」

荒賀の声は、腹にどしりと響いた。

すでに荒賀は、自分の知っている荒賀とは違う。その当たり前のことを、響生は全身の痛みとともに認識するしかない。

――悔しい……。

昔の荒賀を、返して欲しい。

十年の間に、自分と荒賀との間に埋められない溝が生まれてしまったのだということを、響生は苦い思いとともに嫌というほど思い知った。

〔三〕

荒賀と話をしたのは、小学生のときに同級生にからかわれていたときが初めだった。

何かと響生のことをバカにしてくる子から聞かれて、夏休みには旅行に行く予定はない、今までも家族で旅行に行ったことは一度もないと答えたら、信じられないとぼろくそに言われたのだ。

『うちはさ、今年はハワイ行くんだよ。本当に、どっこも行ったことないの？　だったら夏休み、何の楽しみもないじゃん』

『うちはおばーちゃんちに行く……！』

『おまえ、おばーちゃんっているの？　おじーちゃんとかいる？』

母と二人で暮らしているということを知られているから、わざとのようにそんな質問を浴びせかけられて、響生は辛《つら》くなる。

うつむくと、穴の空いた上履きが目に入った。とっさに隠そうとした動きが、いじめっ子たちの目に留まったらしい。

『おまえ、ボンビーだよな。体育館シューズにも、でっかい穴、空いてるし』

『新しいやつ、買えないの？』

上履きも体育館シューズも、サイズが合わないようになってからもろくに買い換えていない。穴のことはずっと気になっていたが、そこそこ大きな出費になるために母には言えないでいた。

自分の家が貧乏だと指摘されるたびに辛くて、響生は教室の隅でぎゅっと拳《こぶし》を握りしめる。

だが、その反応が面白くなかったのか、響生を取り囲んでいたいじめっ子の一人がいきなり肩を小突いてきた。

『黙ってないで、何か言えよ』

公立とはいえ有名中学に進学する予定の子が多く、越境してまで通う生徒がいる小学校だった。響生にとってはたまたま近所だったに過ぎないのだが、裕福な家庭の子が多かったために、響生の姿はひどく惨めに見えたらしい。

『っあ』

ふらつくと、足もとを別の子に引っかけられた。

響生は壁にかかっていた体操着の袋を巻きこみながら、教室の床に転がる。

さらに倒れた響生に同級生たちが詰め寄ってきたとき、不意にその輪が破れた。

何があったのかと視線を上げると、そこにいたのは荒賀だ。

『――大丈夫か？』

そう言って、手を差しのべられる。

そのことに、響生はひどく驚いた。

荒賀はクラスの中でも大人びていて、あまり他の生徒とは喋らなかった。だが、いじめられることが多かった響生とは違って、荒賀は一人でいても毅然《きぜん》としているように思えた。むしろ、憧《あこが》れられていたと言ってもいいのかもしれない。

その荒賀に、こんなふうに声をかけられたことに驚き、響生は焦って自力で立ち上がった。荒賀に、自分の弱いところは見せたくなかった。

『大丈夫』

『そう』

荒賀はそれ以上余計なことは言わずに、響生たちから離れていく。荒賀の手に図書館のものらしき本が握られているのを見たとき、響生は自分が借りた本が今日までの返却期限だったことを思い出した。

——返さなきゃ……！

まだ昼休みに、図書館に行って戻ってくるだけの時間はある。

響生は本をつかんで、慌てて教室を飛び出した。

急いで走っていくと、途中で荒賀の後ろ姿を見つけた。追いついたものの、追い越していいのか、話しかけるべきなのかわからない。

そのとき、荒賀が振り返って、響生に気づいた。

『図書館行くの？』

『そう』

『何読んでんの？』

荒賀に尋ねられて、響生は自分が熱中していた外国の冒険小説の本を見せる。荒賀が持っていたのは、響生の知らない本だった。

だけど、荒賀と図書館に向かうのが嬉しくて、響生は勇気を出して自分からも話しかけてみる。

『荒賀くんのは、どんな本？』

『これ？　次に借りてみる？』

荒賀が見せてくれたのは『夏《なつ》の庭《にわ》』という本だった。

一人暮らしの老人と、子供たちとの奇妙な交流を描いた話だった。面白くて、響生は一晩でそれを読んでしまった。

翌朝、響生は寝不足の顔をしながらも、満面の笑みで荒賀に話しかける。

『すっごく面白かった！　他にも、何か面白いのあったら、教えてくれる？』

それがきっかけで親しくなった荒賀は、他の同級生とは全然違っていた。他人のことを気にするようなことは全くなく、一人でも平然としていた。むしろ他人とつるむのが苦手らしい。そんな荒賀を見て、響生も強くなりたいと願った。

数日後、いじめっ子に靴を隠されて、必死になってそれを捜していたときのことだ。バケツの中に水を張られて、そこに靴を浸《ひた》されているのを見つけて泣きそうになっていたとき、荒賀が気づいて近づいてきた。

『いじめてるヤツらは、……くだんないよな』

慰めるわけでもなく、そんなふうに言われる。

『他人をいじめて、優越感を感じたいだけ。響生は、あいつらと同じレベルになるな』

――優越感。

小学三年生の響生には、その言葉の意味は漠然《ばくぜん》としかわからなかった。そんな言葉を操る荒賀に憧れを感じるのと同時に、荒賀に励まされている気がして、胸が熱くなった。

『響生は、あいつらと同じレベルになるな』

その言葉が、ジンと胸に染みこむ。

何だか強くなれる気がした。

それから、響生と荒賀は高校を卒業するまで、つかず離れずの友達付き合いをするようになった。べったりとした友人関係ではなかったものの、いつでもクラスの中で毅然としている荒賀を見ると、勇気を持てた。

中学に入ってからも響生は自転車をいじめっ子にパンクさせられたりなど、さんざんな目に遭《あ》ったが、あまり気にならなかったのは荒賀の存在のせいなのかもしれない。

——荒賀に、憧れてた。

中学、高校と地元の進学校に進むにつれて、荒賀の抜きん出た頭のよさや容姿は、周囲から認められるものとなっていた。模試で全国一桁《ひとけた》の成績を毎回取っているという話と合わせて、荒賀の家が暴力団という噂も公然のものとなっていた。荒賀は同級生や教師たちから畏敬《いけい》される存在だった。

そんな荒賀と親しいことが、響生には密かな自慢だった。

だが、荒賀との付き合いは、母親には公言できなかった。荒賀と息子が親しいことを知った母が、一度、吐き捨てるような調子で言ったことがあったからだ。

『あんた、あんな子と付き合っちゃダメだよ』

荒賀のことを言っているのだと知った響生は、驚いて母親に食ってかかった。

『何で？　荒賀、格好いいのに……！』

『ヤクザ者と付き合っちゃダメだ。人はね、額に汗して働くのが一番なの。他人の分け前を横取りするようなヤツはダメなの。だからね、あんたもそんな子に影響されるんじゃないよ……！』

そのころ、高校生になった荒賀は、響生と同じアパートに住む若い舎弟の部屋に入り浸っていた。

響生の住むアパートは、荒賀の住む豪邸の隣だった。すぐに組長の元へ駆けつけられるように若い舎弟が何人も住んでいたから、荒賀もよくそのアパートに遊びに来ていた。

くわえタバコの荒賀が、舎弟相手に麻雀《マージャン》で遊んでいる姿を、よく見かけたものだ。

ドアが開けっぱなしのときには、響生に気づいて荒賀は気楽に声をかけてくる。

『交じる？』

アパートにいるときの荒賀は、高校の制服を着ているときとは違って、にこやかで悪っぽく見えた。

そんな不良じみた荒賀の表情に、響生は何だかドキリとして視線をそらさずにはいられなかった。

『交じらない。いい加減、誘うのやめろよ』

麻雀には興味なかったし、彼らがかなりの金額を賭《か》けていたことも知っている。そんなのに引っ張りこまれたら、響生は小遣いを巻き上げられるだけではすまない。

荒賀はハハハと笑って、牌《はい》を掻き回した。

『いつも、すごく難しい顔してるからさ』

『学校じゃ、おまえのほうが難しい顔してるくせに』

『そう？』

『若、学校じゃ、難しい顔してんですか？』

『女子高生、紹介してくださいよ』

『バカ言え。未成年に手を出したら、あっという間におまえら、しょっ引《ぴ》かれるぞ』

楽しげな話をよそに響生は自分の部屋に戻り、ドアを背にして深くため息をつくしかない。荒賀や舎弟たちの楽しげな輪に交じりたいのは山々だったが、かつて母から荒賀と付き合うなと言われたことが、心に楔《くさび》を刺していた。

荒賀は特殊な世界の人間だ。

そのことは何となくわかっていたつもりだったが、それでもモヤモヤとした感情が胸に満ちる。荒賀の親がそうだからといって、息子を色眼鏡で見るのは間違っている。片親だと差別されることを嫌っていたはずなのに、自分ではそうする母が理解できず、それでもどこか納得させられている自分にもモヤモヤした。

荒賀に近づきたい思いと、距離を置きたい思いとが、日に何回も入れ替わる。

それでも、食べ物の誘いのときには、響生はそのおいしい匂いにつられて、舎弟の部屋に入りこまずにはいられなかった。隙間だらけのボロアパートだから、充満する匂いにあらがえない。それに母の帰宅はいつでも遅かったから、交じっていても知られることはなかった。

『おまえ、鍋と焼き肉のときだけは来るのな』

そう言って、荒賀がニヤニヤと笑う。

ただで食べさせてもらう礼もあり、響生は鍋の下ごしらえをしたり、ちゃぶ台の前で正座をして、肉を焼く役目も果たした。

鍋奉行《ぶぎょう》をしたり、肉を真剣な顔で焼いたりする響生の姿は舎弟たちのからかいの的《まと》だったが、響生はその態度を崩せない。おいしいタイミングで食べるのが、食材に対する礼儀だと思っていた。

――ちゃんと見張っていなければ、みんな、肉を焦がして消し炭にしちゃうから……。

そんな荒賀との付き合いは、高校を卒業したときに断ち切られた。

心の支えを失って、響生は何となくうつろな大学時代を過ごしたような気がする。


荒賀に抱かれたショックは、響生に忘れようにも忘れられない衝撃を残していた。

その中でどうしても引っかかってならないのが、自分を荒賀の元に遣《つか》わして、好きにしていいと宮川が言ったということだ。そんなことがあるはずがない。宮川はそんな汚いことはしない。

そう思うからこそ、宮川に直接問いただすことはできなかった。

あの翌日も、宮川は何事も無かったかのように、響生に接してきた。『アクト興産』に書類を届けたと伝えても、軽くうなずかれただけだ。

――俺は、社長を信じる。

響生はそう自分に言い聞かせた。

——社長が、……あんなことを荒賀に約束するはずがない。

自分にあのようなことを仕掛けるぐらいだから、今の荒賀は何をしでかすかわかったものではない。荒賀が口八丁で、響生をあのビルに遣わすように宮川に要求したのだろう。荒賀とのことは犬に噛まれたと思って忘れてしまいたかったが、そう簡単に記憶がリセットされるものではなかった。

ふとした隙に蘇る淫らな体感を振り切るためにも、響生は今まで以上に仕事に没頭するしかなかった。それでも、荒賀とのことをなかなか忘れることはできずにいた。

荒賀と似たような姿形の男を街で見かけるだけで肩が震え、自慰《じい》をすることすら怖くなっていた。性的な興奮を覚えただけで、荒賀にされたことを思い出さずにはいられなかったからだ。

出社する前にテレビで朝のニュースを見ていた響生は、いきなり画面に出てきた『食楽園』の文字に釘付けになった。

国産野菜として『食楽園』のメニューに記載されていた食材が、それとは異なる産地のものを使っていたという疑惑だ。元従業員の口からの匿名《とくめい》の告発を受けて、警察の強制捜査が入ったというものだ。

慌てて響生は、出社する。

まさに本社ビルは警察の強制捜査を受けている最中で、その周りを大勢のマスコミが取り囲んでいた。

マスコミの寵児《ちょうじ》として、露出の大きい宮川のことだ。本社内は警察の強制捜査のために立ち入りが制限され、別の場所で臨時の役員会議が開かれた。響生もサポートのために、会議に立ち会う。

仕入れ担当者とその上の取締役は警察に事情を聞かれているということで、同じ部署の社員から出席者に説明があった。

当初は国産野菜を使用しており、メニューにもその通り記載されていたが、天候不順による野菜価格の急騰《きゅうとう》を受けて臨時に海外から調達するようになり、そのルートが常態となったのだという。

その役員会議が終わってから、宮川は『食楽園』を代表して急遽《きゅうきょ》、記者会見を行うこととなった。

宮川はマスコミ各社が居並ぶ前で、今回のいきさつを説明し、深々と頭を下げて詫《わ》びた。そのメニューを注文したお客様には、レシートを持って店舗に来ていただければ返金すると告げ、今後は二度とこのようなことがないように、再発防止に努める、と語った。

そんな宮川の姿を、響生は会場の隅から見ていた。こんな事件が起きるとは、思わなかった。

だが、それを契機に、『食楽園』についてのことが、マスコミ各社によって連日、取り上げられることとなる。

元従業員や現従業員が匿名で取材を受け、特にマスコミが面白がって書き立てたのは『食楽園』の労働条件がどれだけ過酷かについてだった。

ブラック企業だと騒ぎ立てられたことで社内に動揺が広がっていたが、国産野菜の偽装があった一週間後に、さらなる不祥事が暴露《ばくろ》された。

次に問題となったのは、肉の産地偽装だ。銘柄牛《めいがらぎゅう》と表示されていたものが輸入品だったことが、警察と連動した国の機関によって発表され、『食楽園』はマスコミ各社による猛烈なバッシングを受け、社はあらためて記者会見を開き、宮川は土下座する勢いで詫びた。

全ては自分の不徳の致すところであり、先《せん》だっての野菜の産地偽装と、肉の産地偽装は連動している。社の仕入れ態勢を抜本的《ばっぽんてき》に見直し、担当者には刑事責任と道義的な責任を取ってもらうと語ると同時に、自分自身においてもできるかぎりの責任を取りたい。再発防止に向けて全力で取り組むから、お客様には『食楽園』が生まれ変わるまで厳しく見守って欲しいと、涙ながらに釈明した。

関わっていた仕入れ担当者とその上司である取締役は逮捕され、法人としての『食楽園』も刑事告発が検討されていた。後ほどその二人は釈放され、在宅のまま起訴《きそ》されることとなるが、刑事責任は社長である宮川までは及ばなかったらしい。

宮川の捨て身の記者会見はおおむね好意的に受け止められたらしいが、その返金方法を巡って各店舗ではトラブルが相次いだ。

社は牛肉の偽装があった直後に、一週間自主的に営業を停止することを発表する。

響生にはその偽装の責任がどこにあるのかわからずにいたが、仕入れ担当者とその上司のみの責任で終わっていいのか、という疑問を抱かずにはいられない。

それでも、宮川の謝罪会見に心を打たれ、社を立て直すために懸命に働いていた。

産地偽装を受けての雑務や、それに付随《ふずい》するいろいろな業務が発生している。

マスコミの取材に追われる社長のスケジュールを調整するだけでも、大わらわだ。

だが、野菜や肉の産地偽装の騒ぎも収まっていない四日後に、さらなる内部告発がマスコミにすっぱ抜かれた。

『食楽園』内で、食材の在庫の消費期限を引き延ばして使用していたということだ。廃棄《はいき》しなければならないはずの食材を、そのまま調理して客に提供するのが常態だったと、元従業員の証言に倉庫の在庫写真が加わったものがでかでかと写真週刊誌に掲載された。

その真偽については明らかにされなかったものの、『食楽園』本社ビルには連日のようにマスコミが群がるようになり、本社や店舗を出入りする従業員には記者がつきまとって、新たなネタがないかしつこく聞き出すようになっていた。

猛烈な逆風が吹いていることを、響生は実感せずにはいられない。

一度ほころびが生じると、その穴から次々と隠されていたものが暴《あば》かれていくことに、衝撃を覚えていた。社内の噂によると、在庫の消費期限引き延ばしは真実だそうだ。

宮川は三度目となる記者会見でひどく恐縮した様子で深々と頭を下げ、言葉少なに詫びていた。ここまで不祥事が重なったからには、どんな釈明も無駄なのだろう。マスコミによる無礼な質問にもまともに答えず、宮川は憔悴《しょうすい》した顔で、詫びの言葉を繰り返すばかりだった。

『食楽園』はまた全店を閉鎖し、従業員一丸となるための集中的な研修会を開くこととなる。

もともと年に数回、宮川の経営方針を血肉として取りこむための『夢研修』というものがあった。

今年はそれを前倒しして、開く形だ。

社長秘書ではあったが、手が足りないときには何でも手伝うことになっている響生も、その研修会のサポートに駆り出された。

プログラムを組んでいるのは、社長自らだ。

初心に返ろうということで、社訓を繰り返し全員で暗唱することから始められる。

『会社につくすことは喜びであり、お客様のためにつくすことはさらなる喜びである。社員は皆、経営者であり、会社のためにやれるべき全てを行おう』

続けて、宮川の理念が徹底的に従業員に刷りこまれた。

この理念に共感できるものこそが、『食楽園』の従業員にふさわしいとされていた。

響生も入社したときに、この研修を受けていた。マスコミのバッシングによって動揺している自分をリセットしたくて、あらためて積極的に研修に参加する。

マスコミでは繰り返し、元従業員による『食楽園』の暴露が続けられていた。クローズアップされていたのが、社員の労働条件についてだ。有給休暇はなく、休みは週に一日あればいいほうで、残業代もなければボーナスもない。研修会があるが、それは洗脳に近いと言われていた。

——何が洗脳だ……！　やつらは落伍者《らくご》だ……！

響生は心の中で、マスコミの取材に応じた男に毒づく。

元従業員という触れこみだが、どこまで本当だかわかったものではない。

仕事があって、健康で、働いて食べていけるのなら、自分たちは会社に感謝すべきだ。

響生は研修によって、そんなふうに確信できるようになっていた。

よりよい自己実現のために、労を惜しむつもりはない。労働条件がどうの、と文句をつけるよりも先に、率先して働いたほうがいい。文句を言う人々は、退職して結構だ。理念に共鳴できる従業員たちの力で、『食楽園』はますます発展していく。

研修の後は、何だか憑《つ》きものが落ちたようにスッキリとした気持ちになれた。大声で何度も理念を繰り返したために声は枯れていたが、心はすがすがしく晴れ渡っている。

——こんな逆風に負けてうちが倒産するようなことになったら、それこそ数千人の従業員が路頭に迷う。

だからこそ、死にものぐるいで働かなければならない。そんな気力で充《み》ち満ちていた。

客も自分たちの無償の奉仕があればこそ、より安く、満足できるサービスを受けることができる。

昔受けた『食楽園』での素晴らしいサービスが、響生を支えていた。

優待券利用のさほど金にならない客だったが、接客してくれた人は響生に忘れられない思い出を作ってくれた。思い出すたびに、胸が熱くなる。

だからこそ、労を惜しむつもりは最初からなかった。働くことを害悪として報道するマスコミのほうこそ、間違っている。

だが、最初の報道から一ヶ月近く経っても、逆風はいっこうにやまなかった。

ブラックだ、社長はワンマンで金に貪欲《どんよく》だと報じ続けられ、辞めるアルバイトが各店舗で後を絶たず、人員の補充が追いつかなくなってくる。その穴埋めのために社員が働きづめになるケースが相次ぎ、不満がくすぶり出しているのを感じていた。

そんなとき、外から戻ってきた宮川が、響生を社長室に呼び出した。

「どうも変だ。うちへのバッシングが、あまりにも執拗《しつよう》過ぎる。考えてみれば、うちの内部情報が巧妙に流出されていることや、ようやく一つのネタが落ち着きそうになったころに、次の暴露が起きるなど、何か裏で操っている人間がいるような気がする。……そんなふうに思っていたところ、うちの株を密かに買いあさっているものがいるという報告を受けた」

——え？

響生が身じろぐと、宮川は持っていた書類を差し出した。

「この事件を、裏から操っている黒幕がいるらしい。そいつの正体を探らせろ。おそらく、うちの株を買いあさっている会社と関係があるはずだ」

渡されたのは、『食楽園』の株の売買のグラフだった。

『食楽園』の株は、日々乱高下《らんこうげ》している。ＴＯＢをするときなど株式を一定の割合以上に取得する場合には、証券取引法上の規制を受けることとなるが、それに抵触しないギリギリの状態で、株は密かに買いあさられているらしい。

その説明を受けて、響生はうなずいた。

「——調べさせます」

響生はいつもこのような調査に使う民間の信用会社に連絡を取り、そこに出向いて内々《ないない》で調査を依頼した。

その結果を待っていた一週間後に、新たな連絡が本社に飛びこんできた。

『渋谷《しぶや》西店の店長が勤務中に倒れて、救急車で病院に運ばれました。残念ながらただ今、死亡したという知らせが入りました。急性心不全だそうです』

エリアマネージャーからの電話を受けて、響生は蒼白になる。

——過労死か？

そんな言葉が、脳裏に浮かぶ。アルバイトの補充が間に合わなくなり、その穴埋めのために社員が健康を害するほどの過重労働が課せられていた。思わず問いたださずにはいられない。

「過労死の可能性は、ありますか？」

『急性心不全としか……。後ほど、医師に話を聞きましょうか』

「面会を申しこんでおいてください。今から駆けつけます」

過労死だとしたら、ブラックだブラックだと言われている社が、どれだけマスコミに叩かれるかわかったものではない。想像しただけで、胃がキリキリと痛くなる。

社員の死の重みが背筋にのしかかり、吐きたくなるような気分の悪さを抱えて、響生は社長室に報告に向かった。

「入れ」

社長室では宮川が、何やら書き仕事をしていた。マスコミ各社によるバッシングが起きるまでは、宮川は成功した経営者としてマスコミへの出演も多く、各団体などへの講演会なども抱えていた。だが、今はそれらはことごとくキャンセルされて、社長室に留まる時間が増えている。

その前に進んだ響生は、沈んだ声で報告した。

「渋谷西店の店長が、死亡したという連絡が入りました。急いで、病院に向かおうと思うのですが」

さすがにこの事態には、宮川も驚いて一緒に病院に駆けつけるとばかり思っていた。

こんなときには、まずは誠心誠意遺族に詫びるしかない。それで死んだ人が戻ってくるわけではないが、社のために力をつくして亡くなった社員にお詫びとお礼の気持ちを伝えたい。

だが、宮川は困惑したようにうつむいた。

「残念だが、おまえに代理を頼む。どうしても外せない用事が入っている」

「ですが、……過労死の可能性も」

言った途端、宮川はカッと目を見開いた。

「過労死など、うちでは起こらない！　倒れたのは、個人の自己管理の問題だ……！」

投げつけられた言葉に、大きな感情が響生の中で蠢く。

店長業務は『食楽園』の中でも特に負担が大きい仕事だった。店舗運営に関する全ての責任が店長に担《にな》わされている。アルバイトなどに欠員がでたりすれば、自らでその穴を埋めなければならない上に、トラブルやクレームの対応も一身にのしかかっていた。売り上げ目標が達成できないと、毎日のようにガンガンとエリアマネージャーからの叱責《しっせき》を受けるから、ストレスも半端ではないだろう。

だが、宮川は響生に言い聞かせるように言った。

「全ての人間が、その店長と同じ条件で働いたとしても、死ぬわけじゃない。死んだものは、もともと何らかの疾患《しっかん》を抱えてたんだ。偶然の、不幸な事故に過ぎない。それがたまたま、勤務中に起きてしまっただけだ」

――偶然の、不幸な事故。

響生は、その言葉を心に刻みつけようとした。それでも、何か納得できないものが残っている。

宮川は、さらに続けた。

「うちでの仕事はそれなりに大変だが、それはお客様の満足度を上げるために、社員自らが考えて、実行していることだ。精神面での満足度が高ければ、身体も従う。その店長だけではなく、うちでは多くの従業員が、お客様のために身を粉《こ》にして働いている。それに文句を言うものはいない。休みがたっぷりある、楽な勤務だったとしても、働き盛りの突然死はある一定の割合で発生するそうだ。今回のは、単なる不幸な事故に過ぎない。だが、死ぬまで一心に働けて、その店長は幸せだったはずだ」

「そう……でしょうか」

響生の眼差しが揺れた。

そう言われれば、そうだという気持ちもある。今回のは、不幸な事故だ。あの店長は、もともと心臓に爆弾を抱えていたのかもしれない。だが、社長の言葉に従おうとしても、心のどこかが反発しそうになるのはどうしてなのだろうか。

響生が納得していないのを表情から読み取ったのか、宮川は続けざまに命じた。

「遺族に会うのはかまわないが、決して過労死という言葉は口にするな。その前に、渋谷西店に向かえ。そこにある勤務表や業務日誌、給与表を洗いざらい回収してこい」

「何ででしょうか」

焦って聞き返すと、宮川は小さくため息をついた。

「遺族があくどい弁護士にそそのかされて、裁判を起こす可能性があるからな。奇妙な細工をされて証拠をでっち上げられないためにも、証拠は保全しておく必要がある」

あくまでも正当な裁判の資料だと告げられたことで、響生はうなずいた。

秘書室に戻り、外出の準備を始める。まずは渋谷西店に行って、勤務表と業務日誌、給与表を回収した。

それから、病院でエリアマネージャーと落ち合った。

面会を申しこんだ医師にあらためて説明してもらったことによると、すでに一年前の検診で、店長は『心臓の雑音』を指摘されていたという。おそらく新店舗の店長になったばかりで再検査するだけの時間の余裕がなかったことが、今回の事態を招いたらしい。医師によると、ストレスが彼の病状を悪化させた可能性もあるという。

「過労死かというご質問についてですが、診断はとても難しいです。過度な労働負担が誘因となって、急性心不全を引き起こしたという因果《いんが》関係があるかもしれませんし、ないかもしれません。このあたりは、患者さんの実際の勤務形態と合わせて、あらためて判断することになるかと」

ついに死者まで出してしまったことに、頭を殴られたようなショックが消えない状態で、響生は医師に礼を言って別れ、地下の霊安室へと向かう。

渋谷西店の店長とは、もともと面識があった。

研修のときに、何度か顔を合わせている。やる気のある、笑顔が爽やかな男だった。何度か、個人的な話もしていた。

まだショックが消えていない様子の遺族は、響生が『食楽園』の社長秘書だと告げた途端、ヒステリックに怒鳴りつけてきた。

「どうして、あそこまで働かせたのよ……っ！」

幼い子供を抱えた、三十代の母親だ。顔に化粧気はなく、顔色は蒼白で、泣きはらした目がギラギラと輝いていた。

「申し訳ございません」

響生は深々と頭を下げた。だが、来たのが社長ではなく、秘書だということが相手を刺激しているらしい。子供を強く抱きかかえながら、叫ぶのをやめない。

「まずは、社長を寄越しなさいよ！　そして、詫びなさい！　あの人は、働きすぎて死んだんだから！　あの人、本当にずっと、すごく朝から晩まで働いてたんだから……！　この一年、ろくに休んでなかったんだから！　知ってるでしょ……！」

ずっとためこんでいたものが噴出したかのように、怒鳴り散らしながら響生につかみかかってきた。一発二発頬をひっぱたかれたところで周囲の親族が彼女を止めてくれたが、響生のほうもショックで、痛みなど感じられなかった。あらためて出直してくれと周囲の親族に懇願《こんがん》されて、響生は帰路を辿った。

通夜や告別式は、まだ日程が決まっていないらしい。

彼女の声とののしりが、響生の頭の中でわんわんと鳴り響いている。

この事態に、社長はどう対処するつもりなのだろうか。

響生は社に戻り、医師の説明と、遺族のことを説明した上で、回収した勤務表と業務日誌、給与表を提出した。まずはこれが過労死だったのかどうか、社で協議するものだと思っていた。だが、宮川はさして興味がなさそうな様子で、勤務表などを一瞥《いちべつ》しただけだ。

すぐにでも、これが過労死だったのかハッキリさせたい響生にとっては、拍子抜けのする対応だった。

「あの、……ご指示があれば、私がこれを整理しますが」

「整理？　何の？」

「死亡した店長の、正確な勤務実績の把握です。過労死にいたるほどの勤務実績があったのであれば、全社的に改善しなければなりませんし」

響生の申し出に、宮川はあざ笑うかのように口元を歪めた。その表情が引っかかる。いつもの宮川らしくない、歪んだ表情に思えた。

「必要ない。おまえは、命じた仕事を進めなさい。余計なことに関わっている余裕はないはずだ」

「……はい」

そう言われては、響生は恐縮して引き下がるしかない。響生の机は処理しきれない書類で山積みだった。

だが、社長室から退出してしばらく経ったころ、掃除の人が社長室から出てくるのに出くわす。すれ違うときに何気なく彼が持ったゴミ箱を見たとき、そこに見覚えのある書類が入っているのに気づいた。

――あれ？

それは、自分がさきほど社長に届けた、死亡した店長の勤務表などではないだろうか。気になって、響生は彼を呼び止めた。

「すみませんが、ちょっと見せてくれますか？」

ゴミ箱に手を伸ばして確認すると、やはりそれだ。不安に心臓がぎゅっと締めつけられるのを感じながら、響生は尋ねた。

「これを、社長はどうしろって言ってましたか？」

「地下の焼却炉で燃やせということでした」

「……っ。でしたら、私が後で燃やします。これを、預からせてください」

響生は書類を抱えて、秘書室に戻った。何故これを燃やせと、宮川が命じたのかわからない。こめかみのあたりで、どくどくと鼓動が鳴り響く。過労死裁判などが起こされるようなことがあったら、これは大切な証拠となる。燃やしたり、紛失したりしたことが明らかになれば、大問題となるだろう。だが、肝心な書類がなければ、過労死の事実を立証するのは難しいと聞いていた。

――だからこそ、社長はこれを早々に処分しようと……？

一瞬、心に浮かんだ疑惑を、響生はぶるぶると頭を振って否定する。

とにかく社長の意図が理解できるまでは、これを自分が保管しておこうと決めて、机にしまう。

会社のために必死になって死ぬまで働いてくれた店長のことを思っただけで、胸がキリキリと痛んだ。整理できない感情が、胸の中で渦巻いている。だが、社長のことは疑ってはならない。

数日後、通夜の連絡を受けて、響生はネクタイを黒に替えて、その会場へと向かった。

やはり社長は、今日も都合が悪いということだった。通夜にマスコミがいたとしても、後ほど自分が記者会見を開くから、響生は頭を下げているだけで、何も言うなと指示される。

通夜に向かう途中で、響生はエリアマネージャーと合流した。

道々に聞いた彼の話によると、やはり亡くなった店長は、かなり過酷な勤務状態にあったらしい。

「そう……ですか」

自分では抱えきれないような重圧を覚えながら、響生はただうなずくしかない。もともと『食楽園』はブラックだと言われていたが、このところの人員不足やクレームの多さを受けて、店舗で体調の悪化を訴える従業員が後を絶たないそうだ。

――とはいえ、……抜本的な対策は、ないんだろうな。

労働時間を大幅に短縮することはできそうになく、せめてアルバイトを集めるためにいくらか時給を上げて広告を増やすぐらいしかできないと、役員会で話し合われたのを知っている。その経費を宮川が承認する際にも一悶着《ひともんちゃく》あった。

閉塞感《へいそくかん》に、響生の口からため息が漏れる。エリアマネージャーもその気持ちは同じらしく、移動する電車の中で深いため息を漏らしていた。響生一人だけでも二十四時間働けるものなら、そうしたい。どうして人は睡眠や休息なしではいられないのかと、理不尽に思うほどだ。

――いつまで、このバッシングが続くのか。

響生は、電車の窓から、すでに暗い外を眺めた。

執拗に『食楽園』を叩くマスコミに、怒りを覚えていた。食品偽装はともかくとして、労働条件のことについてとやかく言われたくない。お客様のために働くことを、誰かに強制されているわけではなかった。少なくとも、響生はそうだ。残業を辛いと思ったことは、一度もない。

――だけど、人が死んだ……。

そのことをどう判断すべきか、響生はわからないでいる。社長の言う通り、もともとあった疾患のせいなのか、それとも過労死なのか。

モヤモヤを抱えた響生は、その思いを別の方向に振り向けた。

何より腹が立つのは、この事件を裏から操っているものの存在だ。

『食楽園』の株を買いあさっている黒幕の調査結果が出たという民間の信用会社からの連絡を受けて、さきほどその会社に赴《おもむ》き、書類を受け取りがてら説明を受けていた。

その内容がずっと、響生の腸《はらわた》を煮えくりかえらせている。金のために、全ては仕組まれていたのだろうか。

電車が目的の駅に近づくにつれて、エリアマネージャーの顔色は蒼白になっていった。

「大丈夫ですか?」

響生の言葉に、エリアマネージャーが力なくうなずく。

だが、電車が目的の駅についたとき、腹が痛くてたまらないのでトイレに寄るから、先に行っていてくれと言われた。やはり今日の通夜にプレッシャーを受けているのは、響生一人だけではないようだ。

遺族からどんな言葉を投げかけられるか、マスコミに取り囲まれてどんな質問をされるかと考えただけでも、響生の胃もキリキリと痛む。

エリアマネージャーを待つことも考えたが、時間があまりなかったので、響生は先に会場へと向かうことに決めた。

親が地元の名士らしく、通夜は自宅付近にある寺を使って盛大に行われている。

だが、受付で響生が名刺と香典を差し出した途端、故人の父が大股で近づいてきた。

「社長はどうした……！」

「申し訳ございません。社長は今日はどうしても都合が合いませんで、代理として私が――」

「ふざけんな！　私の息子が死んでるんだ！　都合だの何だのあったものか！　どんなことがあっても駆けつけて、私の前で土下座するのが礼儀じゃないのかね！」

ものすごい剣幕で怒鳴りまくる故人の父を前に、響生は一言も返せなくなる。亡くなった店長のことを思えば、社長がやってきて詫びるのは当然のことのように思えた。

すでに葬儀のことを嗅ぎつけた大勢のマスコミが入りこんでいるらしく、騒ぎを聞いて受付に一斉に集まり始めた。

――マズいな……。

響生は自分が撮影されているのに気づいて、早々にこの場から去るべきだと判断する。明日のニュースにでかでかと、『食楽園の店長・過労死』の文字が躍ったら、しゃれにならない。

そのとき、いきなり頭から冷水をぶっかけられた。冷たさと驚きに、響生はすくみ上がる。

「何をよそ見してる！　わしの話を聞いてないのか……！」

十二月の寒い時期だ。

全身に冷水が針のように突き刺さり、ポタポタと髪から水が滴る。野良犬のように水をかけられたことに、響生は衝撃を隠しきれない。

さすがにこの父の暴走を周囲の人が見とがめ、響生にはさっさと去れというように合図が送られた。マスコミにこんな姿を撮影されたくもなかった響生は深々と一礼して、会場から去ることに決めた。

店長への個人的な思いもあって焼香ぐらいはしておきたかったが、さすがにこの濡れ鼠《ねずみ》の姿では他の参列者に迷惑をかけるだけだろう。

髪が頭皮に張りつくほどずぶ濡れになったが身体を拭《ぬぐ》うタオルもなく、ハンカチもびしょびしょだ。響生は表情を強張らせたまま、できるだけ目立たないように出口へ向かった。

だが、その姿はマスコミにとっては格好の被写体だったらしい。すぐに大勢のカメラマンに取り囲まれ、コメントを求めるマイクを次々と突きつけられる。

「今回のことを、どう思われますか?」

「一言、コメントを」

「社長の宮川さんは、いらしてないのでしょうか」

響生は口を引き結んで、うつむいて進むしかない。

寒かった。

惨めだった。

大切な息子を過労死という形で失った父親が、その元凶となった会社に怒りを叩きつけることで悲しみを癒《いや》そうとしているのだと理解していても、感情が追いついてこない。醜態《しゅうたい》を見せまいと表情は強張るばかりで、胸の中を渦巻く感情が処理できない。

少しでも緊張を緩めたら、崩れ落ちて泣いてしまいそうだった。だが、執拗に響生にカメラを向けてくるマスコミには、泣き顔をさらしたくない。

早く彼らから遠ざかることだけを考えていた。歯を食い縛りすぎたために、こめかみのあたりから鈍痛が広がる。脳裏を何度も亡くなった店長の笑顔がかすめた。彼は自分を死まで追いやった会社のことを、恨んでいるだろうか。

ある程度はマスコミを振り払って、表通りに出た。

タクシーを停めようと周囲を見回したが、ずぶ濡れになった響生を乗せてくれる車はない。数台素通りされて、自分の今の姿をあらためて認識した。少しでもスタンダードから外れただけで、驚くほど世間は冷たいのだと思い知らされる。寒さが背筋に染みて、ガチガチと歯が震えてくる。

寒さと惨めさで途方にくれたとき、響生のすぐ後ろで車が停まる気配があった。それに意識を向ける余裕すらなく目をうつろに見開いていたとき、不意に響生の頭はバスタオルでふわりと包みこまれた。

——え？

振り返った途端、驚きに息を呑んだ。

「荒賀……っ！」

そこに立っていたのは、スーツ姿の荒賀だ。

荒賀はじろりと響生の姿を一瞥して、顎をしゃくる。

「乗れ」

それだけ言い返して、荒賀は車のほうに戻っていく。響生がどう対応するか、見定めるつもりはないようだ。

荒賀が車に乗ったのを見て、響生はどうしようか悩んだ。

このまま突っぱねたい。あんな男に助けられたくない。

だが、かけられたバスタオルの温《ぬく》もりが、狂おしいほど身に染みた。ふわりと温かいだけではなく、響生の表情をすっぽりと覆い隠してくれる。そのことで、張りつめた緊張の糸が切れ、今にも泣き崩れてしまいそうだった。一度バスタオルを手にすると、放せなくなる。

――いいか、荒賀とも、話したいことがあるし。

そう決めて、響生は後ろに停められていた車の後部座席から荒賀の隣に乗りこんだ。

ドアを閉じると、車はなめらかに走り出す。

そのとき荒賀が運転手に命じた。

「もっとヒーターを強くしろ」

車の中はだいぶ暖かかったが、響生の震えはまだ治まっていなかった。荒賀のこの言葉は、凍《こご》えきった自分に対する配慮だとわかる。

だが、響生の心は身体よりも凍えていた。しばらくは言葉を発する余裕すらなく、バスタオルで顔を隠して、震えを押し殺していることしかできなかった。泣き出しそうなほどギリギリの縁に追い詰められているのに、横にいる荒賀の存在がより心を凍らせる。

助けを差しのべてくれた形の荒賀が、味方ではないと知っていた。

バスタオルで顔を覆ってはいたものの、身じろぎせずに身体を拭うことすらできない響生を見て、荒賀が口を開いた。

「今日の通夜に、社長は来てないようだな」

「社長は忙しいから」

響生は、きつい口調で答える。

社から出たとき、宮川の姿はなかった。

その返答に、荒賀はフンとバカにしたように鼻を鳴らす。

「自分が取り入りたいような政治家や実力者がらみの葬儀とは違って、従業員風情《ふぜい》の通夜には、出る必要がないと考えてんだろ？」

「おまえと一緒にすんな……！」

響生は強く膝で拳を握りしめて、怒鳴った。

荒賀に対する反発が胸いっぱいに広がって、感情が制御できない。不意にポロポロと涙が目の端から流れ落ち、それを荒賀に見せたくなくてバスタオルで慌てて顔を隠す。

昔から知っている相手が社をめちゃくちゃにしようとしているのに、それを止められない自分も情けなかった。

「おまえの本性が、よくわかったよ……！」

響生は吐き捨てるように続けた。

ここに来る前に、民間の信用会社からの報告書を受け取っていた。

鞄《かばん》の中に入れてあるから、濡れてはいないはずだ。信用会社が調べ上げたのは、『食楽園』のこの一連のスキャンダルを裏で操り、乱高下させた株を買いあさっているものについてだ。

マスコミが動き始める前から、彼らは『食楽園』の従業員名簿を元に、その一人一人に接触していたという。有効な証言がもらえたら謝礼を渡すとちらつかせて、彼らから『食楽園』のことを詳しく聞き出していったらしい。

ただこの黒幕である『コーラムバイン・コーポレーション』という会社の実体は不明という報告だった。会社の実体はわからず、株を買いあさるためのペーパーカンパニーという結論を出している。

だが、『コーラムバイン・コーポレーション』という社名に、響生は心当たりがあった。

——荒賀だ。

コーラムバインというのは、日本名ではオダマキだ。

荒賀の亡くなった母親がオダマキが好きだったという理由もあってか、荒賀組の象徴はオダマキとされていた。荒賀組本陣の日本庭園には季節になると美しいオダマキが咲き乱れ、荒賀組が祭礼などで使う法被《はっぴ》にも、デザインされたオダマキが使用されている。組のバッジにも、オダマキが使われていたはずだ。

裏にいるのは荒賀組ではないかという疑念をハッキリさせるためにも、響生は荒賀に突きつけずにはいられなかった。

「うちの会社の株を買いあさってるのは、おまえだろ」

「何の話だ？」

さらりと言い返されたが、響生は自分が頭にかけたままのバスタオルの隙間から見えた荒賀の口元が、かすかにほころんだのを見逃さなかった。

この一ヶ月、『食楽園』は世間からの心ない中傷を浴びせかけられてきた。アルバイトがどんどん辞めていったために労働条件が劣悪となり、それがついに今回の店長の死につながったのかもしれないと思うと、全ての怒りの矛先《ほこさき》を荒賀に向けずにはいられない。

「とぼけんな……！　社長に恨みでもあるのか……！」

自分でもビックリするぐらいの大声だった。

荒賀に八つ当たりせずにはいられないほど、身も心もクタクタに疲れきっている。胃がひどく痛み、唇の端が切れていた。ぐらぐら揺れる身体を落ち着かせるためにも、響生は拳を強く握りしめた。

荒賀はそんな響生の姿を見据えて、冷静な口調で返した。

「あの男に恨みというより、俺は金儲けが仕事でね。つけいる余地がある会社があったら、その弱点を徹底的に叩いて、弱ったところでものにする。それを買い叩いて転売すれば、儲けは計り知れない」

「な……っ」

荒賀の口から漏れた言葉に、響生は鳥肌が立つほどの衝撃を覚えた。

――やっぱり荒賀だ……！

全て金儲けのために、この一連のスキャンダルを仕組んだのだろうか。そんな邪悪な意図のために、大切な会社を奪われるなんて冗談ではない。響生は震える声を押し出した。

「……社の財産は、……社員たちが……、必死に働いて、築き上げてきたものだ」

だが、荒賀はそれを一蹴《いっしゅう》した。

「違うだろ？　おまえたち従業員は奴隷《どれい》だ。いくら必死に働いたとしても、奴隷におこぼれが与えられるわけじゃない。おまえたちの血の汗は、全て金となってあの社長に搾《しぼ》り取られる。あいつだけが莫大な報酬を受け取り、奴隷たちは疲弊《ひへい》して、どんどん会社を辞めていく。ときには、死ぬまでこき使われる。今の、店長のようにな」

「……っ」

響生は言葉を失った。

社の発展のために、誠心誠意努力してきた。響生が入社したときから社内には張りつめた緊張があって、定時で帰れるような空気ではなかった。社への不満を口にすることは許されず、毎日のように努力目標を朝礼で確認させられた。それでも、社の業績が上がれば嬉しかった。

だが、入社して六年目ともなると、いろんなものが見えてくる。身体や心を壊して辞めていった大勢の元社員の姿が、頭に浮かぶ。

——だけど、俺は、……頑張りたかった。頑張れば、それが成果につながるのが、嬉しかった……。

荒賀は響生を、眼鏡越しの鋭い目で見つめていた。

「おまえの会社を潰したら、人々は拍手喝采《かっさい》してくれることだろう。マスコミが伝えているのは、全て『食楽園』で起きた事実だ。隠蔽《いんぺい》されていた真実が暴かれただけで、非常識だと騒がれる。それがどういう意味だか、おまえにもわかるはずだ。食材に金をかけず、儲けばかり考えた結果がこうだ。それに、非常識なほどの劣悪な労働条件」

荒賀の言葉に、響生は歯を食い締めた。

荒賀の言いたいことが伝わってくる。

だが、『食楽園』が世間で言われる通りブラック企業だとわかったところで、それが何だというのだろう。響生は社に適応している。辞めたいと思ったことはない。

必死に働いて、社を支えてきた。各店舗の社員やアルバイトとは、戦友のような一体感を抱いている。一からマニュアルを作り上げ、よりよい形で客をもてなそうと、意見を出し合った研修の日々を思い出す。その気持ちだけは否定されたくない。社員たちが納得して働いているのだから、余計な口出しをしないで欲しい。

だが、死者まで出たとなっては、世間は放っておいてはくれないだろう。

どうしたらいいのかわからないような閉塞感を抱えて、響生は拳を握りしめた。

「これ以上……うちを追い詰めるな。何千人の……従業員の生活がかかってる……っ。手を……引いてくれ。儲けようとするな……っ」

血を吐くようなうめきだった。

『食楽園』が劣悪な労働条件にあるという自覚はある。それが、世間的には許されないことだということも、だんだんにわかってきた。

さらに荒賀が過労死の件も含めてマスコミを煽り続ければ、『食楽園』は倒産するかもしれない。

これ以上『食楽園』が世間からの怒りを浴びる企業になれば、売り上げにも影響が出るだろう。スキャンダルの影響もあってか、『食楽園』のメインバンクが資金を引き上げようとしているという噂もあった。この流れが続いたら、それが現実になりかねない。

「……守りたい……んだ……」

うめくように、響生は続けた。

奨学金によって、自分は支えられてきた。

受けた恩は返さなければならない。愛社精神もある。どんなに問題があるところだとしても、入社したからには骨を埋めるつもりでつくしたい。だが、乱れきった響生の声に対して、荒賀の声は少しも感情的になってはいなかった。

「ここまで『食楽園』がどうしようもない会社だってわかっても、おまえはかばいたいのか？」

荒賀の声は、むしろどこか柔らかく響く。そのことが、逆に響生を煽った。

やりきれなさが、怒りとなって爆発する。

「――どうしろって、……言うんだ……っ！」

荒賀に、自分の気持ちがわかるはずがない。

もともとひどく切れ者で、勉強しなくても何でもできた。荒賀には荒賀の苦労があっただろうが、恩を受けた相手にお礼をするところから始めなければならない自分とは、初めから条件が違う。

社内の環境を変えようとか、思うだけ無駄だ。そうしようとした重役は、ことごとく会社を追われてきた。社長の方針についていけないものは、努力が足りないだけだ。そんな人間はもっと努力するか、社を去るしかない。

「どうしようもないのか」

荒賀の声が、嘲るような気配を孕《はら》んだ。

響生の顔にかかっていたバスタオルをつかんで、のぞきこんでくる。

そのときの荒賀の表情は、今まで見たことがないほど残酷だった。

響生の醜態を暴いて楽しんでいる。響生が取り乱せば取り乱すほど、荒賀の目は輝きを増し、愉悦《ゆえつ》が深まっていくように感じられた。

「あの社長に、このまま付き従うつもりなのか。忠犬でいても、いいことは何も無い。搾りつくされて、ボロボロになって捨てられるだけだ。そうなった大勢を、おまえは見てきたはずだ」

「うるさい……！　おまえが言うな……っ！」

響生は追いつめられて叫ぶ。

社長が残酷な搾取者だと言いたいのだったら、荒賀はハイエナだ。自分では何もせずに、他人の労働の上澄みをかすめ取るろくでなし。

にらみつける響生の顔に吐息がかかりそうなぐらい顔を寄せて、荒賀は挑発するように微笑んだ。

「だったら、お願いしてみろ。俺に、会社を潰さないでくれって、哀願してみろよ。そうしたら、少しは気が変わるかもな。人にものを頼むためには、それなりの態度がある」

——何だと……！

そんな言葉に、怒りが腹の底からこみ上げてきた。それをぐっと抑えこみながら、響生は荒賀をにらみつけた。

「——土下座でもしろと？」

あまりの理不尽さに、声がかすれた。

この男にそこまでしなければならないのかと、考えただけで目眩がする。だが、社への攻撃を止めてくれるというのなら、それくらいできる気がした。

野良犬のように水をぶっかけられ、惨めさを嫌というほど味わった今なら、何でもできる。

——俺なんて、どうなってもいい。

それ以上に、会社を守りたいという熱い気持ちが響生を支えていた。明日になれば、過労死が大きくマスコミに報じられるだろう。これ以上、荒賀に攻撃させてはならない。あとどれだけ、荒賀が社を攻撃する材料を隠し持っているのか、わかったものではない。

響生の言葉に、荒賀は冷笑を崩さない。

「土下座などされても、少しも楽しくないな。おまえなら、俺を満足させるためにはどうすればいいのかぐらい、わかってるだろ、経験的に」

——え？

荒賀の要求がどういう意味なのか、とっさには捉えかねた。

——経験的に？

自分が、荒賀を満足させるようなことをしただろうか。

荒賀は自分の要求を具体的に伝えるためか、響生のほうのシートに片手をつき、顎に指をかけてきた。くい、と上げさせられた顔をのぞきこまれ、その目に浮かんだ淫らな光に、先日の出来事が蘇る。

——まさか……っ。

焦りのあまり、喉がひくっと痙攣した。

また荒賀は、あんなことをしたいのだろうか。

響生の顔から、みるみるうちに血の気が引いていく。

――絶対に嫌だ。

まずはそう思った。

一度きりでも耐え難《がた》い。ようやくあの記憶が、心身から薄れてきたのだ。

二度目の関係など、結びたいはずがない。荒賀にあんな形で逼わされ、犯されることを想像しただけで吐き気がする。

言葉も発せずにいると、荒賀は響生の動揺を楽しむように、形のいい唇をほころばせた。

「強制じゃない。だけど、おまえが俺にどうしてもお願いしたいことがあるのなら、それ以外の方法はないってことだけ、ハッキリさせておく。――この車は、おまえのところの本社ビルに向かっている。到着するまでにどうするか、決めろ」

そう言って、荒賀は後部座席にもたれかかった。

響生は窓の外を見て、自分に残された時間があと十分ぐらいだということを確認する。

――絶対に、……そんな要求など呑むものか。

響生はそう思う。だが、次第に葛藤《かっとう》が心をぐらつかせてくる。

――もうあんなこと、死んでも嫌だ。

キスをされるのも、全身に口づけられるのも、何もかも許容できない。

思い出しただけで、嫌悪に震える。嫌悪感だけではなかったことが、逆に響生の拒む気持ちを強くしていた。だがそれに混じって、身体の奥底が疼くような感覚までもが呼び覚まされるのはどうしてなのだろう。

——嫌だ、絶対に嫌だ。

何度も自分に言い聞かせた後で、響生は意識を別のところに向けようとした。

このまま荒賀と別れて社に戻ったら、机の上の電話が鳴り響いていることだろう。過労死かもしれない店長の死についてのコメントを各マスコミから求められ、明日になったらますます社はバッシングにさらされる。

宮川は、社内にいるだろうか。記者会見のときには、どんなふうに釈明するつもりだろうか。

——いつまで、……社は持ちこたえられる？

明らかに『食楽園』の屋台骨《やたいぼね》はぐらついている。どれが決定打になるのかわからない。今回の過労死は乗り越えることができたとしても、次はどうだろう。荒賀は、いつまでこれを続けるつもりなのか。

ぐるぐると無駄な思考ばかりが回り続ける。

——わかってる。『食楽園』を手に入れるまで、だ。

『食楽園』さえ手に入ったら、荒賀は経営陣を刷新《さっしん》させ、社名を変えるだろうか。すっかり更正したように見せかけて、あっさりとどこかに売り渡すかもしれない。『食楽園』は消えてなくなる。

——そんなことはさせない。

断るしかないと決めているというのに、自分さえ頑張れば社が助かるかもしれないと、心がぐらぐらと揺れ続ける。

自分がここで身体を投げ出すことで、会社を守ることができるのだったら、いっそ飛びこむしかないとまで思えてくる。

新人社員として『食楽園』に入ったときから、寝食を忘れてひたすら働いてきた。研修のために店舗に配属され、注文を取ったり、皿洗いをするところから始めて、社長秘書にまで昇りつめた。その間、自分を支えてくれた仲間やお客様のことを思うと、ここで全てを終わりにすることはできない。会社が無くなったら、全ての従業員の思いが無になってしまう。

葛藤のために全身に力がこもりすぎて、腕がぶるぶると震えてきた。響生は右手で、左の肘のあたりをつかんだ。口の中も、からからに乾いている。

車は見覚えのある幹線道路に入った。本社近くの交差点のそばで、車は道の端に停まった。窓の外を見つめる響生に、声がかけられる。

「どうする……？」

荒賀の問いかけに、響生は唇を噛んだ。

このまま車のドアを開いて、立ち去りたい。二度と荒賀と、あんなことをしたくない。だが、ここで逃げたら、自分はこの決断を一生悔やむことにならないだろうか。一度は、社を救うチャンスはあったのに、と。

響生は膝の上の拳を、関節が白くなるぐらい強く握りしめた。去ることはできなかった。

「やる……。……帰らない。……だから、……『食楽園』を救って……ください」

かすれた声で、響生は懇願した。愚《おろ》かな決断だとわかっている。深くうつむいたまま、荒賀の顔は見られなかった。

会社をどうしても守りたい。そのためには、何でもする。

力が入りすぎて、身体の震えが止まらなくなっていた。

「は……っ」

荒賀はその返答に、嘲るような吐息を漏らした。

それから、ふんぞり返って運転手に告げた。

「出せ」


連れてこられたのは、荒賀の個人的な所有物らしきマンションだった。六本木《ろっぽんぎ》の一等地にある、エントランスから豪奢な造りだとわかる建物だ。

部屋につくなりシャワールームに送りこまれ、響生は濡れた服を脱いで十分に温まった。それから響生は出されていたふかふかのバスローブを着て、寝室でしばらく待たされる。

荒賀がシャワーを浴びる間も、落ち着かなかった。何度も帰ってしまいたいと願うほど身の置きどころがなかったが、もうここまできたら腹をくくるしかない。

じりじりと時間が過ぎ、同じバスローブ姿で寝室にやってきた荒賀が、壁沿いに置かれた機能的な肘掛け椅子に、腰を下ろして言った。

「で？　どうする？」

「どうって」

響生は狼狽して、荒賀を見る。

濡れ髪で眼鏡を外した荒賀は、いつもよりも官能的に見えた。その姿を目にしただけで、響生の鼓動は乱れて落ち着かなくなる。

こんなハンサムで力もある男が、どうして自分との関係を望むのだろうか。

――おそらく、……俺をバカにしたいだけなんだろうけど。

前回、自分が見せた醜態を思い出しただけで、クラクラする。今度こそ、ああはならないようにしたい。

だが、荒賀のものを体内に受け入れると思っただけで、今度こそ自分がどうなるのかわからない焦《しょう》燥《そう》があった。

荒賀は響生にこちらに来いと命じるように、顎をしゃくる。それに応じてのろのろと動き、椅子の前に立つと、荒賀が次の命令を下した。

「しゃぶれ」

その声に、目眩がした。

自分からあれを口にくわえるなんて、あり得ない。現実から逃避してしまいそうになるが、何も考えないようにしてひざまずくと、荒賀が響生の前髪をつかんだ。

荒賀の硬くなったもので、バスローブ越しに顔面をなぞられる。

「っ」

「そんな嫌そうな顔、するんじゃない。もっといじめたくなるだろ」

響生を辱《はずかし》めることで、荒賀が性的な興奮を覚えていることを伝えるように、顔面に押しつけたものの大きさが増していく。

前髪を解放された後でのろのろと荒賀のバスローブの前をはだけていると、からかい混じりに言われた。

「さっさと口を開けよ」

だが、直接目にしたものの凶悪な姿に、なかなか始められない。すると、前髪をつかんで引き戻された。食い縛った口元に、荒賀のものがぬるぬると押しつけられる。

「ふっ……」

――もう……やるしか。

覚悟を決めて、響生は思いきり口を開く。それを待っていたかのように、荒賀のものがねじこまれた。

「っぐ」

深くまで一気に入れられすぎて、慌てて頭を引いた。それでも、前髪をつかまれていたから全部を吐き出すことができずに、先端のあたりをおずおずと舐め回すことになる。口で感じたその味や感触が、異様でならない。これは、男の性器なのだ。

——だけど、……やるしか。

自分が男のものをくわえる日がくるなんて、思ったこともなかった。

遠い日、荒賀のことを思いながら自慰をしたことが頭をかすめる。何故、性欲と荒賀がつながったのかわからない。学生時代、女子はひどく眩《まぶ》しくて遠い存在だったから、荒賀のほうが身近だったという理由に過ぎないのだろうか。

——荒賀はどんなセックスをするんだろうと、よく想像した……。

荒賀に抱かれる女の姿が、自分になっていたこともある。だが、それらは全てあり得ないという前提の上での妄想だったはずだ。

男に抱かれたいと本気で思ったことはなかったし、荒賀とのことは思春期の男子が一瞬だけ経由するという成長過程に過ぎない。心配になって調べてみた保健の本には、そう書いてあった。

そのことで、響生はひどく安堵《あんど》したものだ。

しゃぶりながら、かつてのことを思い出していた。

高校に入って、しばらく経ったときのことだ。荒賀とはクラスが離れたが、アルバイト先の飲食店で熟しすぎたメロンを丸ごともらった響生は、自分の部屋に戻る途中で舎弟の部屋をのぞいた。彼らがいるのならば、一緒に食べようと思ったからだ。

——いるかな？

人の声のようなものが漏れ聞こえ、ドアには鍵もかかっていなかった。これは在室の合図だと思った響生は、いつものように遠慮なく中に踏みこんだ。

だが、部屋にいたのは荒賀だけだった。

慌てたようにたくし上げた服を戻した荒賀の姿と、肌も露わな女性のヌードが映《うつ》ったテレビ画面が目に飛びこんできた。響生は一瞬のうちに、自分がマズいところに出くわしたのを悟った。

『——あ、……ご、ごめん』

耳まで真っ赤にして部屋から出て行こうとした響生を、荒賀は少しかすれた強引な声で引き止めた。

『待てよ！　……何か用か？』

『メロン。……その、メロンもらったんで、一緒に食べようかと』

『そう。……見てくか？　これ、無修正。すげえやつ』

『え？』

『見てけよ。勉強になるぜ』

重ねて誘われて、響生はおずおずと振り返った。

女体《にょたい》の秘められた部分が具体的にどうなっているのか、よくわかっていなかった。オクテだという自覚があり、自分だけ女体のことをまるで知らないんじゃないかという、取り残されたような不安が存在していた時期だ。

『けど』

荒賀と一緒に、エロいものを見るなんて考えられない。

こういうのは、一人で密かに見るものではないだろうか。なのに、荒賀はためらいなく言葉を重ねた。

『いいって。見てけって。……明日には、ここから無くなるから』

そのときの荒賀の表情に、響生は目を奪われた。

身長の伸びに肉付きが追いついておらず、削《そ》げた頬や鋭い目つきが際だって、男っぽいフェロモンを垂《た》れ流していた。眼鏡の奥の鋭い目に少し快楽の名残《なごり》を宿しているのに誘われて、響生は射すくめられたようになる。このまま荒賀と、とっておきの秘密を共有したくなった。

響生はその部屋に置かれたこたつの隅に、ちんまりと座った。

『じゃあ、……ちょっとだけ』

『ン』

荒賀がうなずいて、停止させていた画像を再生する。

——すごかった……。

ろくにAVなどを見たことがない響生にとっては、いきなりの無修正は刺激が強すぎた。否応なしの女性の迫力に、身体が自然と熱くなっていくのを感じていると、知らない間に肩が触れそうになるまで身体を寄せてきた荒賀が背後から囁いた。

『しごけよ』

首筋にかかる甘い声に、心臓が跳ね上がる。触れてしまいそうなほどの距離なのに気づいて少し離れようとすると、グイと肩を押しつけられた。

薄いシャツ一枚の下に、荒賀の筋肉質でごつごつした身体がある。その肌が、ひどく熱く感じられた。

『やりたいんなら、ここで抜いてっていいぜ。みんなやってる。こういうこと。男同士で』

画面よりもすぐそばにいる荒賀に、響生の意識は全て引きつけられていた。

硬直していた響生の横に腰を下ろして、荒賀が自分の下肢に手を伸ばし、熱くなっているものをしごいていく。触れた肩越しに伝わってくるかすかな動きから、響生は荒賀がどのようにしているのかを脳裏に思い描いていた。それだけで頭の中が沸騰《ふっとう》しそうに熱くなるのを感じながら、響生もつられて自分の下肢に手を伸ばす。

動きを合わせていると、しごいている指が荒賀のもののように感じられて、その興奮の中で達した。顔は無修正画像のほうを向いていたが、響生の意識は全て荒賀に釘付けだった。

『は……』

息を整えながら、響生は渡されたティッシュの箱に手を伸ばす。

だが、自分の今の頭の中の妄想が恥ずかしくなって、荒賀のほうが見られない。すると、不意に肩をつかまれて引き倒された。何が起きたのかわからないまま見上げると、上になった荒賀が頭のすぐ横に手を突っぱって覆い被さりながら、かすれた声で囁いた。

『しない？　俺と』

何を提案されているのかわからない。

呆然とした響生の耳に、なおもテレビのほうから淫らな喘ぎ声が聞こえてきた。

淫らな行為に誘われているのだと理解した途端、響生はいたたまれないほどの羞恥に硬直した。自分がさきほど頭の中で思い描いていたことを全て荒賀に見抜かれたような気がして、血が凍る。

『な、……何言ってんだよ――っ……！』

急いで逃げ出したが、あのとき荒賀の誘いにうなずいていれば、何かが変わっていたのだろうか。

あれから十年も経ったころに、こんな関係に誘われるとは思っていなかった。

響生は荒賀のものをくわえながら、視線だけを上げた。高校生のときに比べると、ずっと大人びて引き締まった荒賀の顔がある。

しゃぶられる快感に没頭していたようだが、見られていると感じたのか視線を落とす。

目が合った途端、ドキリとした。

舐めるようにじっくりと顔を眺められたことで、響生は今の自分がどんな姿でいるのか、強く意識せずにはいられない。

荒賀の前でひざまずき、唇で必死にくわえこんでいる。つたない愛撫《あいぶ》にもかかわらず、荒賀のものは口からはみ出しそうなほど、大きくなっていた。

「そんなふうに遠慮がちにしゃぶらないで、もっと根元までくわえてみな」

視線をそらせないまま命じられて、響生は口を可能なかぎり大きく開いて、根元まで受け入れようとした。だが、大きすぎて全部は入りそうもない。

「っは、……ん、……っぐ……っ」

――苦しい……。

もう響生のほうから荒賀の顔は見られなかったが、視線が全身にまとわりつく。伏せた睫が、小刻みに震えた。

荒賀の手が響生の頭に軽く添えられ、さらに呑みこませようとするかのようにぐっと引き寄せられた。

――おっ……き……い……。

ややもすれば嘔吐《えず》きそうになるほど、荒賀の大きさは圧倒的だった。これが以前、自分の身体に入ったと思うと、不思議な気がするほどだ。

――だけど、も、……あんなことは、……したくない……。

口で抜けば許されるかもしれない気がして、響生は必死で口淫《こういん》に励む。荒賀に導かれるがままに唇で締めつけながら出し入れし、必死になって吸いつき、舌で刺激を与えていく。やりかたはよくわからなかったが、自分が感じるのと同じ部分を集中的に刺激していくことにした。飲みきれない唾液が次々と溢れて喉を伝う。

そんな響生の髪に、荒賀は指をからみつけた。

「おまえ、下手」

からかうように言われたが、何か余計なことを考える余裕すらない。

息苦しさとともに敏感な口腔は、荒賀のものによる刺激を敏感に伝えてきた。

口いっぱいに頬張らされる荒賀のものの形や、それによって圧迫される舌や喉の感触が下肢を熱くさせていく。こんなことをさせられて感じるわけはないのに、腰が次第に重くなっていくのが不思議だった。

頭を前後に振って刺激を与えながら、呼吸を確保するだけで精一杯だ。唾液が喉にからみ、不規則に喉が鳴る。じわじわと熱くなっていく身体を持てあまし、これ以上どうにかならないうちに早く終わって欲しくてがむしゃらにくわえこむ。

そんな響生の頭を両手で抱えこんで、荒賀が脅すように声を低めた。

「こんなお上品な舐めかたしてたら、いつまでも終わらないぜ。俺をイかせたいんだったら、もっと頭をガンガン動かして、搾り取ってくれないと」

その言葉とともに、響生の頭が固定され、荒賀の腰が動いて、かつてないほど喉の深い部分まで呑みこまされた。

「っぐ、……っぐ、はっ！」

吐き気を誘発されて、喉が鳴る。苦しさにもがいて逃れようとしたが、荒賀の力は緩まなかった。さらに吐きそうになって喉が痙攣し、窒息《ちっそく》の恐怖に目を見開いたとき、口の中から荒賀のものが抜き取られた。だが、息つく余裕がないほど、喉の奥まで続けざまに突き上げられる。

「っが、……っぁ、あ……っ」

口は大きく開きっぱなしで、動きに合わせて唾液が溢れた。

苦しさに喉がひくひくと痙攣したが、それが逆に荒賀にとっては快感らしい。そのことは、のぞきこんでくる荒賀のサディスティックな目の光からわかった。自分の苦痛が荒賀の快感につながっていると悟ったとき、涙が瞳の端から溢れた。

「っぐ、……わかった、……から……っ」

響生は必死になって顔をそらせ、荒賀に訴えた。ようやく荒賀が動きを止めてくれる。

「何がわかったんだ？」

「ちゃんと、……する！　だから……！」

響生は息を整えてから、あらためて荒賀のペニスにむしゃぶりつく。口に収まりきれない根元には指をからみつけながら、さきほど強制されたのと同じ深さまで、自分から必死にくわえこんでいく。

「っふ……ん、ん……っ」

余計なことは考えたくなかった。今は荒賀に快感を与えることだけ、考えるしかない。

荒賀のものを可能な限り深く含むたびに、苦しさに嘔吐きそうになった。だが、浅くするといつさきほどのように一方的な動きにされるかわからず、吐き気をこらえてむしゃぶりつくしかない。

息がすぐに上がった。

荒賀の先走りが混じって、唾液がぬるぬるしてくる。その味を知りたくなかったから、どうにか唾液を吐き出そうとしていると、荒賀が言ってきた。

「吐くなよ。全部飲め」

——無理……っ。

心の中でそうつぶやき、くわえたままにらみつけることで抗議に変えようとする。だが、涙目だったから、どこまで伝えられたかわからない。

そんな響生の頭に、また荒賀の手が伸びてきた。

「そんな可愛いおしゃぶりじゃ、朝までかかっても抜けないままだぜ」

その言葉とともに頭を両手で包みこまれ、さきほどの恐怖を思い出してビクンと身体がすくみあがる。その口に、荒賀のものがまた深い位置までねじこまれてきた。まるで響生の口が性の道具であるかのように腰を使われるが、今度は頭を強く固定されてはいなかったから、少しだけパニックは回避できた。

「っん、ぐ、……ぐ、ぐ……っ」

口の中で、荒賀のものと唾液と舌とが、ぐちゅぐちゅと濡れた音を漏らす。こんなふうに喉の奥まで犯されていると、自分の口が性器になったような感覚が生まれる。それでも、響生はどうにか呼吸を確保して、荒賀のものに吸いついていく。

ますます荒賀の動きは、激しさを増すばかりだ。喉奥に悦いところがあるらしく、そこを小刻みに抉るように腰を使われ、苦しさのあまり吐き出すこともできずに、鼻呼吸を繰り返す。荒賀のものが口の中で、どんどん大きさを増していく。

口の端が張り裂けそうなほど大きくなったとき、ついに荒賀のものがトクンと脈打った。

「っぐ……っ、は、ン……っ！」

射精するのだと本能的に察知したが、それを避けるほどの時間的な余裕はなかった。

荒賀の精液が、響生の喉深くに吐き出される。熱くぬるぬると感じられたそれを吐き出したかったが、荒賀は強く響生の頭を抱えこんでいて、離してくれない。飲むまでは出さないと伝えてきているような気がして、響生は覚悟を決めて、それを飲み下すしかなかった。

「……っ」

ペニスをくわえこんだままだから、ひどく苦しい。

涙がにじみそうな、苦々しい独特の味だった。それがねっとりと喉にからみつき、いつまでも残っているような気がする。

ようやく、口から荒賀のものが引き出された。

「は」

響生は糸が切れたように床に崩れ落ち、乱れきった呼吸をまずは整えようとした。口の中から精液の味は消えてはくれず、飲みきれなかった精液が唾液に混じる。

「ぐ、……ごほ……っ」

いくら咳をしても、唾を飲みこもうにも、精液の匂いが鼻や口に染みついているようだった。

だが、嫌悪感だけではなく、身体が落ち着かなくなるようなうずうずした熱が下肢をだるくさせていた。それが何だか確かめるほどの余裕もないまま、響生はとにかく口を濯《すす》ぐために立ち上がろうとした。

だが、その前に、荒賀が立ちはだかって拒む。

「……まさか、これで終わりだなんて考えてないよな」

——え？

響生は涙と唾液で濡れた顔を荒賀に向けた。これで終わりではないのだろうか。

荒賀は顎でベッドのほうを指し示した。それから、準備してあったものらしきボトルを差し出す。

透明な液体が入っているそれは、飲むものではないらしい。響生は受け取ってから、シールに表示されていた文字を読んだ。

——ローション……？

途端に震えがわき上がる。

荒賀はやはり、響生に挿入するつもりなのだ。

——無理だ、死ぬ……っ！

口に入れたときの大きさを思い出しただけで、逃げ出すことしか考えられなくなっていた。

だが、中腰で立ち上がった途端、荒賀に腕をつかまれて、ベッドのほうまで乱暴に引っ張られた。

「……っわ」

突き飛ばされてバランスを保てずに、響生はベッドに転がった。

すぐさま押し倒されるかと警戒して身体を起こしたが、荒賀は続いてベッドに上がってこなかった。

ベッドサイドにあった肘掛け椅子を移動させ、どかりと腰を落とす。

「自分で支度しろ。俺がすぐに入れられるように」

——支度……？

ボトルを手にしたまま呆然としていると、荒賀が長い足を組んで楽しげに肩をすくめた。

「自分で塗れるんだったらそれでいいし、俺に塗って欲しいんだったら、ケツ突き出しておねだりしたら、やってやるよ」

その言葉に、響生は視線を握ったままのローションに落とす。

支度をしろというのは、自分でこれを体内に塗りこみ、荒賀が挿入できるようにしておけという意味だろうか。

そんなことは、したくない。

だが、荒賀のものを挿入されることからどのみち逃れられないのだとしたら、負担を軽減するしかない。それがどれだけ大きくて硬いのかについて、口で味わわされたばかりだ。

――これを塗ったら、少しは楽になる……？

ためらいながら、響生はそのボトルの中身を指に出してみた。透明のそれが、信じられないほど粘《ねば》ついてぬるぬるするのに驚いていると、眺めていた荒賀がくくっと喉を鳴らした。

「……何だよ？」

バカにされた気がして、響生はにらみつける。

「いや。ウブっぽさが可愛いな、と」

荒賀はこれをやめるつもりはないらしい。

響生は腹をくくって、膝立ちの格好になる。社を救うためには、何でもするしかない。もう決めたはずだ。荒賀に見られているのが落ち着かないが、これからされることを思えば、全ては許容範囲内だ。

とにかく、あの大きさによる負担を軽減したい。

「見るな」

それでも視線をシャットアウトするようにつぶやき、響生はてのひらにローションをたっぷりと絞り出した。それを指にからめて、バスローブの裾を割っていく。

前屈《かが》みになって足の奥をまさぐっただけで、そこを荒賀に犯されたときのことが鮮明に蘇り、身体が落ち着かなくなる。このようなことは事務的にさっさと終わらせてしまいたいのに、荒賀の視線が全身にからみつくようで、太腿が小刻みに震え始めた。

自分で中に指を押しこんだ途端、甘ったるいような肉の疼きが生み出された。熱くなった粘膜がきゅうっと指にからみつく。それに逆らって、ローションを襞に塗りつけるたびに、粘膜からぞくぞくとした奇妙な感覚が広がっていく。

面倒がって雑に塗りつけると、ぴちゃっと濡れた音が漏れた。だからこそ、できるだけ音を立てないようにそっと指を動かすしかない。

荒賀は悠然と椅子に腰掛けている。その目は響生の姿から離れない。

「気持ちいいか？」

尋ねられて、響生は首を振った。

「そんなはず……ある、か……」

すでに息が弾みそうなほど、体感が変化し始めていた。

体内にある指の存在感が、あり得ないほど響生を掻き乱す。動かすたびに、息を呑んでしまいたいほどの甘さが生み出され、反応せずにいるだけで精一杯だ。指で掻き回すたびに、そこから甘ったるい痺れのようなものが背筋を這い上がってくるように感じられて、響生は意識をできるだけそこからそらせようとしていた。

だが、荒賀の注意はそこばかりに注がれているようだ。

「もっと中がべとべとになって、滴ってくるまで濡らせよ。ちょっと塗ったぐらいじゃ、俺のを入れるときに裂けるから、たっぷり指で掻き回して、ほぐしとけ」

——裂ける……？

その言葉が、荒賀のものの大きさを実感させて、怯えたように中がきゅっと締まった。

——入る……のかな……。こんな……ところに。

前回は入ったが、さきほど口に含んだものの大きさを思い出しただけでクラクラしてくる。指だけでも狭く感じられるこの部分に、あんなものが入るとは思えない。入らないと諦めてくれるならいいが、無理やり犯されるかもしれないと思うと不安でならず、響生は新たにてのひらにローションを絞り出し、さらに中をたっぷり濡らすしかなかった。

「……っ」

中から溢れたローションが、太腿や足の付け根を伝う。

そのローションのぬめる感触にも誘発されて、自分のペニスが反応し始めているのが恥ずかしくてならない。これで感じてるわけじゃないと自分に言い訳しながら、響生は無心になって中を掻き回すしかない。

中がぬるぬるになるにつれて、ローションによって掻き立てられる水音も増していた。

「もっとたっぷり、……指でほぐせよ。三本、指が入るぐらいまで」

——三本？

「そ……んなの……っ、無理……」

「そろそろ今のアングルは飽きたから、こっちに腰を向けて、ベッドに突っ伏せ」

「や……っ」

「サービスするのが、今のおまえの仕事だろ？」

嬲るように言われて、響生は唇を噛んだ。自分の今の状況を忘れそうになるが、荒賀が満足するまで奉仕しなければならない立場だ。ここで満足してもらい、その代わりに『食楽園』から手を引いてもらうのだ。

響生は真っ赤になりながら肩をベッドに突き、腰を荒賀のほうに向けた。こんなポーズを取っているだけでも顔に血が上るというのに、荒賀はさらに遠慮なく要求してきた。

「ちゃんと見えるように、めくり上げろ」

それが腰にからみついているバスローブの裾のことだと、すぐにわかった。響生にとってもずっと邪魔だったからだ。

荒賀の言うようにするしかないと覚悟して背中までめくり上げると、荒賀のほうに向けて突き上げた臀部が完全に露わになる。

そこに視線が突き刺さるような気がしながら、あらためて体内に指を押しこんでいく。

ぬるっと粘膜を押し開く感覚に、ビクンと腰が揺れた。

「……指、……おいしそうに呑みこんでるな」

その言葉によって、荒賀の視線がやはりそこに集中していることを嫌というほど意識する。きゅっと襞に力がこもると、たっぷりと塗りこまれたローションが指を伝って溢れていく。

指を動かすたびに、甘ったるい電流がぞくぞくと背筋を伝うようになっていた。

「は……っ」

こんな部分で感じているのが、響生にはひどく不可解で理不尽だ。出すところでしかないはずなのに、ここまで複雑な感覚が潜んでいるとは知らなかった。身体がひどく熱くて、じんわりと肌が上気《じょうき》している。

「指、増やせよ。そろそろ、二本いけるはずだ」

「……っ……無理……っ」

響生は喘いだ。自分でそこを嬲るのはやりにくい。しかも、その全ての動きを荒賀に見られていると考えただけで、頭の中が沸騰しそうになる。

荒賀はその返事に、くくっと楽しそうに笑った。

「だったら、手伝ってやるよ」

荒賀が立ち上がって、寝室内を歩く気配がした。それから何かを持って近づいてくる不穏な気配に、響生は首をひねる。その顔の前に置かれたのは、性器を模《も》したピンクのシリコンのおもちゃだった。

「えっ、これ……っ」

それは指二本ほどの太さで、複雑な凹凸《おうとつ》がある。こんなものをどうするつもりなんだと考えた途端、響生は中から指を抜き取った。危険を感じて身体を起こそうとしたが、素早くベッドに上がった荒賀に背後から腰を抱えこまれた。

「やめろ、……そんなの……っ、何、考えて……る……！」

あがいても、荒賀の手から逃れることができない。さきほどのポーズすら、崩すことができないままだ。

「俺のより、だいぶ細めだ。まずは、こういうので慣らせ。切れたくないだろ」

切れると脅されると、響生は恐怖のあまり身体から力を抜くしかない。

荒賀はそれを確認してから、ベッドに置かれていたローションのボトルを手に取り、その中身をたっぷりとバイブにからめた。それから、響生のそこにあてがって、背後からゆっくりと呑みこませてくる。

「……っひ、……っぁ、あ……っ」

異物で体内を抉られる独特の感覚に、響生はうめいた。前回の感覚が強烈に呼び起こされる。

――嫌だ……っ。

自分の指ともまるで違う、無機物で犯される感覚が広がっていく。

太腿が震え、響生は力なく首を振った。

生理的に受け入れることができず、拒むように締めつける中に、バイブは容赦なく道をつけていく。

指で嬲っただけの部分がぬるんと太い先端に押し開かれ、じわじわと深い部分まで開かれていく。

それに中をこすられる異様な感覚に、響生は何度も息を呑まなければならなかった。感覚のないぐらい奥まで押しこめてから、ようやく荒賀は動きを止めた。

「入ったぜ。……根元まで」

「……っ」

体内に入りこんだ異物を排出《はいしゅつ》しようと、響生の襞がきゅうきゅうとからみついていた。その形が思い描けそうなほど締めつけるたびに、シリコンの弾力に押し返される。

——これ、……嫌だ……。

涙をにじませ、肩で息をついていると、荒賀が言ってきた。

「入れただけで終わりじゃない。……動かさないと」

——動かす？

響生は驚いて、腰を突き出す形で突っ伏した身体を起こそうとした。足を動かしただけで深くまで刺さったバイブが襞にこすれ、息が詰まるほどの感覚が生み出される。

「っ！」

「こうするんだ。自分で動かしてみろ」

荒賀は響生の肩を押して這いつくばらせたまま、足の間に右手を導き、バイブの外に出ているところをつかませた。その手に手を重ねて、抜き差しの動きを覚えさせる。手の長さが足りなくて動かしにくいことこの上ないが、中の凹凸が襞とこすれるたびに、ぬるんとした独特の感触が身体を突き抜けていく。恥ずかしいぐらいのローションの音が、動きに合わせてぐちゃぐちゃと漏れた。

「っや、……っだ、……こん……なの……っ」

「これくらいの太さなら、難なくおまえの身体は呑みこむ。かなりの柔軟性があるみたいだからな。これで少し慣らせせば、俺のもぶち込める」

怖ろしい予告をされて、響生は震えた。

一度犯されているだけに、この後に待ち受けているものの恐怖が身に染みる。荒賀の手は響生の手に重ねられていて、止めるのを許してくれない。

弾力のあるバイブが激しく中に突き刺さり、柔らかな襞をこねくり回した。響生の手から力が抜けそうになると、荒賀は意地悪をするように、バイブに円を描くような動きを加えてくる。

そのたびに、先端の部分が複雑に中を抉った。太腿が震え、息が上がり、自然と尖った乳首がバスローブとこすれてジンジンと疼く。乳首がひどく痒《かゆ》かったが、自分でそこに触れることはもちろんできない上に、荒賀にも知られたくなくて、必死で反応を隠していた。

「っふ、……ン、ン……っ」

ぐちゅぐちゅと動き続けるバイブからの刺激を、受け止めるだけで精一杯だ。あまり余計なことを考える余裕はない。中がどんどん柔らかくなり、それに合わせて気持ち良さも増してきていた。自分の手で紡《つむ》ぎ始める快感に、全てが巻きこまれていく。

「は、……は、は……っ」

表情が作れなくなり、響生は身体を支えるためにベッドに突っ張った左腕に額を押しつけた。口がいつしか開けっぱなしになっていて、唾液が溢れた。

いつしか添えられていたはずの荒賀の手があるのかどうかも、わからなくなっていた。感じるところに当たるように腕を動かし、それに合わせて腰を揺らす。深くまで押しこむたびに、甘ったるい痺れが背筋を這い上がっていく。

慣れない身体は快感に弱く、中の快感を引き出すことに必死になっていた。

――ダメだ、これ……。

ふと正気に少しだけ引き戻され、響生は首を振る。

こんな行為で自分が感じているなんて、認めたくはない。

だが、感じているのは隠しようもなかった。抜き差しを繰り返すたびに、下肢全体がぞくぞくと溶けていく。悦楽に全てが巻きこまれていく。

「……っ」

抜き出す入口からとろとろと溢れ出す潤滑剤《じゅんかつざい》が、自分の体内から溢れているもののように感じられるほどだった。やたらとぞくぞくと感じてならない部分を見つけ出し、そこに当たるように手首をひねる。感じる部分に近づくたびに次第に刺激は大きくなり、何回目かの抜き差しのときにバイブのヘッドが前立腺をひどく抉ることになって、腰が跳ね上がった。

「っう、ぁ……っ！」

びくっと身体全体が震えるほどの直撃に、慌ててそらせようとした。だが、荒賀が響生の手を上からつかむ。

「ここ、だろ。続けてなぞってみな」

荒賀の手の力も加わって、感じる部分を再び嫌というほど抉り上げた。

「ひ、……ぁ、……っぁ、あ、あ……っ」

バイブの先端が強く感じる部分を圧迫しているだけでがくがくと腰が震え、強すぎる刺激を軽減しようとぎゅうぎゅうに中に力がこもった。それでも容赦なくそこに押しつけたまま抜き差しの動きを繰り返されて、響生の息は上がっていく。

「っ……っあ、あ……っ、あ、ン、……っん、ん……っ」

自分でこんなふうにバイブを動かして、中だけでイクなんてあり得ない。

そうわかっているのに、前立腺から全身に襲いかかる快感は甘すぎた。背筋が溶けていくような感覚とともに、ペニスが腹につきそうなぐらい硬くなり、急激に身体が絶頂に向かって押し上げられているのがわかる。ひくつく響生の体内を、荒賀の力も加わったバイブが容赦なく抉り上げる。

「っは、……ッン、ん……っ」

「もう中だけでイけそうなのか。覚えのいい、淫乱な身体だな」

そんな言葉と同時に、荒賀に尻をばしっと叩かれた。

その衝動によって、深い位置の粘膜に鋭い刺激が突き抜けた。同時にぐりっと中を抉られたことで身体の中で何かが弾け、響生はガクガクと太腿を震えさせながらペニスの先端から快楽の滴《しずく》を放つ。

身体を突き抜ける射精の悦楽以外に、何も考えられなかった。

達しながら、涙が溢れる。

「っふ、……ぁ、……ッン、ん、……っあ、……あ……っ」

射精するたびに尿道が熱く灼けた。頭の中が真っ白になって、唾液がシーツまで落ちる。

痙攣するたびに突き刺さったままのバイブが揺れ、中が弛緩したり、緊張するのに合わせてしっぽのように上下していた。

射精直後には全身から力が抜けて、突っ伏した格好で呼吸をすることしかできないでいると、響生の身体から荒賀がバイブを抜き取った。

「ッん」

名残惜しそうにからみつく襞の抵抗感に、響生は低くうめく。

だが、ゆっくり休憩することは許されず、響生は腰を支えられ、ベッドに仰向けに横たわった荒賀の腰を膝立ちでまたぐ格好にされた。

「次は自分でこれを入れるんだ。……できるだろ。とろっとろだぜ、中は」

荒賀が新たな命令を下す。獰猛《どうもう》な獣の顔をした荒賀を、響生はボーッとしたまま見下ろした。

バイブによってすっかり溶かされた中は奥まで熱く疼き、入口からねっとりと潤滑剤を溢れさせている。大きく足を開いているから、襞の動きがなおさら意識されてならない。

だが、強引に犯されるならまだしも、自分からこのようなものを入れさせられることには、抵抗があった。

「できな…い…っ」

まだ息すら整っていない。膝立ちでいることとさえ億劫《おっくう》なほど、身体から力が抜けきっている。

だが、バイブで目覚めさせられた中の蠢きはひくひくと増すばかりだった。もっと深い快感があることを知っている身体が、暴走し始めている。

狂おしいほどに中をむごく押し広げられるときの快感が鮮明に蘇った途端、喉がひくりと鳴った。

荒賀は小刻みに震える響生の太腿と顔をじっくりと観察しながら、低く脅すように言った。

「できるだろ？　できないんだったら、おまえとの話はここまでだ」

この男は、他人を恫喝《どうかつ》しているときに、ひどく楽しそうだ。

やらないのだったら、今後も『食楽園』への攻撃は続けるとほのめかされたことで、響生は覚悟を決めるしかなかった。

――もう、ここまでされたんだから、……やるしかない。

それでも、いざ身体を貫かせると思うと、怖くてすくみ上がる。足の間にある荒賀の凶器を見ただけで怖じ気づいて、自分から動けない。それは硬く屹立《きつりつ》し、血管まで浮かび上がらせていた。

「できないのか？」

ことさら物騒《ぶっそう》に、荒賀の声が低められた。

響生はぶるっと震えて、首を振る。

「……する、……から……っ」

初めてではない。前回もしたことだ。

そんなふうに、響生は自らを鼓舞《こぶ》しようとする。

荒賀は響生にローションのボトルを手渡した。

「まずは、これで俺のを、ぬるぬるにしろ」

響生は言われた通りに、ローションをてのひらに出して、荒賀のものを濡らしながらしごいた。軽く触れているだけでも、荒賀のものが響生の手の中で一段と大きくなったように感じられる。脈動が伝わってくるような迫力に、震え上がった。

さきほどのバイブとは比較にならないぐらい、それは立派だ。

「そろそろいいぜ。……入れてみな。おまえのほうから」

欲望がにじむ声で言われて、響生は生唾を飲んだ。そこの先端と後孔の位置を合わせ、震える太腿を叱咤して腰を下げていく。入口にそれが触れただけでぞくっと奥まで疼きが広がり、息を呑まずにはいられない。

——いよいよだ。

見下ろすと荒賀は目をすがめ、見たことがないほど男っぽい表情で響生を見つめていた。その表情に、響生は一瞬見とれる。学生時代、荒賀は時折、こんな恋い焦がれるような目で自分を見ていた。

だからこそ、響生は誤解した。

荒賀を意識して落ち着かなくなることもあった。だが、荒賀はおそらくこんな顔を誰にでも見せるのだろう。特別な相手でなくても。

それでも濡れたような眼差しから逃れられないまま、響生はゆっくりとそこに体重をかけていった。

「つう、ぁ！」

ぬぬっと強烈に入口を押し広げられただけで、全身が硬直した。焦って腰を浮かせようとする。

だが、焦ったことでバランスを崩して、自らの体重でさらにぐぐっと深い位置まで呑みこむことになった。

「ぁあっ」

身体の中にすっぽりと呑みこんだ先端部分がもたらす存在感に、焦って抜き取ろうとしたが、一度食いこんだものはそう容易《たやす》くは抜けない。違和感にきつく締めつけるたびに、入れられている感覚は鮮烈になり、膝から力が抜けた。そのことで、どんどん深くまで貫かれていく。

「っく、ぁ……っ」

――入ってくる……っ！

のけぞりながらもどうにか押しとどめようとして、ガクガクと太腿が震える。だが、侵入してくる圧迫感のほうがすごくて膝をしっかり立てることができず、ゆっくりと貫かれていく感覚だけが全てとなった。

呑みこんだ先端の太い部分が奥まで襞を割り開いていく感覚が、驚くほど鮮明に伝わってきた。

「はっ……」

襞に密着した荒賀のものに灼かれながら、身体を開かれていく。深くまで入ったところでどうにか太腿に力をこめることができたが、中にペニスが入っているだけで、甘ったるいような疼きが全身に生まれていた。

――何で、……こんな……っ。

苦しいだけのはずだ。こんなふうに、入れられて感じるなんてあり得ない。

そう自分に言い聞かせようとしているのに、響生の身体は熱く疼く。最初のこの狂おしいほどの圧迫感さえやり過ごせば、他の行為では得ることができないほどの快感がもたらされることを、身体はすでに知っていた。その予兆のような疼きが、ぞくぞくと肌を粟立たせている。

「……だいたい、根元まで入ったな」

太腿を突っぱりながら呼吸を整えていると、荒賀が低く囁いた。

ほんの少し突き上げられて、身体の奥まで痛苦しいような衝撃が走る。さらにずるりと数センチ受け入れたことで、荒賀の上にぺったりと腰を落とすことができた。つながっている部分が灼けるほど、熱く疼いている。

「は……っ、は……」

浅く呼吸することしかできなかったが、前回とは違って痛みがほとんど感じられないのは、たっぷりと使ったローションのおかげだろうか。たった二度目で、身体が慣れるなんて認めたくはない。ローションに媚薬《びやく》でも混ぜられているかのように、襞全体が早くもじわじわと疼いてならない。

根元まで体内に入れることはできたものの、その大きさに圧倒されて自分から動くことができずにいると、不意に荒賀が響生の太腿を支えながら、つながった腰を下から揺さぶってきた。

「ツン、……っぁ、あ……っ」

荒賀のペニスを支点に摩擦《まさつ》され、甘ったるい痺れが広がる。

感じたくないのに、中がひくひくと蠢いた。円を描くような荒賀の動きに揺さぶられているだけで、腹の奥まで掻き回される感覚がある。

特に奥のほうに感じる部分があって、そこに荒賀の切っ先がゴリゴリとこすりつけられるたびに、中に自然と力がこもった。キュンと締めつけた襞をほぐすようになおも揺さぶられ続けて、背筋がぞくぞくと震える。

「っぁ、……っは、は……っ」

荒馬に乗っているように、響生は内腿《うちもも》に力をこめずにはいられなかった。

中が少しずつその大きさに慣れてきたと見たのか、荒賀は次に全身の筋力を使って、響生の身体を下から突き上げ始めた。

「ん、ぁ、……っぁ！」

上下の動きに、響生は声を漏らす。

さして大きな動きではないはずだ。

それでも、抜き差しの動きに体重が加わることで、大きな衝撃が粘膜に生み出されていた。息を呑むようなあやしいざわめきが、何度も背筋を駆け上がる。体重がかかった切ない感覚を繰り返し味わされて、太腿に何度も力がこもる。

「中が、どんどん蠢くようになってきた」

荒賀の言葉にうつむくと、足の間で自分のものが硬く育ってそり返っているのが目についた。感じていることをこんな形で自覚させられて、身体が灼ける。

「ほら。おまえも動いてみろよ」

命じられて、響生は太いものから身体を浮かそうと、足を突っぱった。太腿に力をこめて腰を浮かしていくのに合わせて、中で荒賀のものがずるりと動く。襞をこすられる感覚に慣れることができないうちに、今度は腰を下ろして、深くまでくわえこまなければならなかった。

「っは、……っん、ん……」

まだぎこちないリズムしか刻めなかったが、荒賀のものは長くて硬かったから、大きな動きをしても中から抜け落ちるようなことはない。

ようやく一定のリズムが刻めるようになってきたとき、荒賀が下からランダムに突き刺す動きを加えてきた。

「っひ！　……ぁ、あ……っ」

二度ほど激しく突き上げられて、その刺激の強さに膝から力が抜ける。

へたりこんだために、一気に深い部分まで荒賀のものを受け入れることとなった。

「っひぁっ、……ぁ、あっ」

鋭い衝撃が襞から全身に広がり、ぎゅうぎゅうに荒賀を締めつけたまま力を抜くことができなくなる。まだ硬直を解けずにいると、荒賀が軽く自分の唇を舐めた。

「今の、いい」

続けざまに響生は、荒賀の全身の筋力で宙に投げ出され、大きなその杭《くい》を体重とともに深くまで受け止めさせられることとなる。強烈な刺激に、全身がのけぞった。

「っう！　……っく、う…ン…っ」

手首をつかまれ、一つの余韻が消えないうちに身体を浮かされて、何度も貫かれ続ける。

もはや何が何だかわからなくなっていた。慣れない響生には刺激が強すぎる。荒賀の大きさに限界まで押し開かれた襞が、絶頂間際の痙攣を生み出している。

ただ揺さぶられることしかできなくなっていると、荒賀の手が伸びて、はだけた胸元に覗く乳首をきゅうっと強めにつまみ上げられた。

「っ、く、……ぁあ……っ！」

身体に走った新たな快感に、ビクンとすくみ上がる。つまんだままさらに乳首をつねられて、響生は悲鳴に近い声を漏らした。痛いはずなのに、それよりも快感が勝るのが不思議だった。乳首は快感が詰まった粒と化していて、指の間で潰されるたびにそこから悦楽が広がっていく。

強くつままれるとぎゅっと中に力が戻り、荒賀のものをぎゅうぎゅうと奥のほうから締めつけた。

「ほら。次は、おまえから腰を揺らしてみな」

荒賀は息を弾ませていた。響生にも動かせたいらしい。

動かなくなったペニスがもたらすジンジンとした痺れに押し流されるままに、響生はおずおずと上下に腰を揺らした。

その間に乱れきった響生のバスローブの前の紐《ひも》が解かれ、荒賀の指が左右の乳首をつまみ上げてくる。その小さな粒を正確につまみ出され、荒馬を制御するようにそこを引っ張ったりつねったりされると、気持ち良くてたまらなかった。

乳首からの悦楽が、下肢の甘ったるさを増していく。

乳首を引っ張られると腰を上げ、緩められると下ろすのを繰り返す。

さらに指の間でこりこりと転がされるたびに、響生はきゅうっと中に力をこめた。

「……ッン、……っ」

「そろそろか？」

低く囁かれる。

その意味がわからなくて、響生は悦楽に溶けきった顔で、その整った顔を見つめ返すしかなかった。

「そろそろ、イかせてやるよ」

荒賀はそう言うと、響生の腰をつかみ、ベッドに仰向けに組み敷いた。それから膝の後ろをつかんで、大きく開かせる。

ようやく横にされて少しは楽になったが、中に大きなものをくわえこまされたままだから、響生は息をつく間もない。むしろ、この一連の動きによって荒賀の大きなものがごつごつと襞を不規則に抉り上げ、その刺激にうめかされてばかりだ。

荒賀は響生の両足の膝頭が胸元につくほど足を担《かつ》ぎ上げてから、新たなルートを確認するかのように、ゆっくりと一往復させた。

「っぁ、……ッン……っ」

その刺激の生々しさに、響生は息を呑んだ。

眉を寄せ、荒賀から与えられる刺激を全身でたっぷりと貪《むさぼ》る。取らされた体位の恥ずかしさが、響生の感覚を一段と研ぎ澄まさせる。自分で動くのとは違って、荒賀から一方的に注ぎこまれる快感は、あらがい難いほど強烈で淫猥だった。

切っ先を残して抜き出され、次の動きを待っていると、荒賀が低く囁いた。

「……気持ちいいって言ってみな」

その言葉とともに、硬い切っ先で中を深くまで押し開かれた。乳首も片方だけつまれ、指先で疼く部分を爪を立てるように転がされて、たまらない悦楽が接合部までぞくぞくと伝わっていく。

切っ先が感じるところを抉り上げ、中に力がこもった。その反応が荒賀にも伝わったのか、そこばかりを嫌というほどこすり上げられる。

「っひぁ、ひ、……っん、は、……や……っ、そこ、や……っ」

あっという間に、身体が昇りつめていくのがわかった。感じすぎてびくびくと太腿が跳ね上がり、身体が逃げるように丸まりそうになる。

「や、ひ、……っや、ん、……っぁ、あ、や……っ」

「や、じゃない。気持ちいい、だろ」

ぞくぞくとしたものに支配されて、響生はまともに考えられないまま、与えられた言葉を繰り返した。

「気持ち……い……っ」

その途端、中の動きがさらに大きなものに切り替わった。入口から深い部分までを一気に、太すぎるもので力強く突き上げられる。それは、響生が上でつたなく操っていた動きとは、まるで違っていた。

「ふぁ、……っあ、あ、……っあ……っ」

貫かれるごとに、意識が飛びそうになる。

中を抉られる悦楽に、もはや自分がどんな声を出しているのかわからなかった。ただ荒賀に、自在に動かれる快感に耐えるばかりだ。

襞を嫌というほど押し開かれ、奥に突き刺さるのがたまらない。

こんなものに支配されるわけにはいかないのに、頭が溶けそうになって、悦楽ばかり貪ってしまう。

荒賀に大きく足を抱え上げられて、その動きに全てを任せるしかなかった。

感じすぎて、突かれるたびに腹筋に力がこもり、足が閉じそうになる。その足を何度でも大きくこじ開けられて、身体を二つ折りにされて貫かれ続ける。

「ツン、……っは、は……っン、…気持ち……い…っ」

感じすぎて、もはや自分が何を言っているのかもわかっていなかった。

荒賀が甘く笑って、響生の胸元に顔を埋める。反対側の乳首には、指がかかったままだ。

「おまえは、ここを中と一緒に弄られると、あっという間にイっちゃうんだよな？」

乳首に歯を立てるのに合わせて反対側の乳首をキツイぐらいにつねり上げられ、さらにとどめを刺すように深い部分まで切っ先を突き立てられる。

「つぁっ、あっ！　あっ、あ……っ！」

乳首からの快感が、貫かれる感覚と混じって、身体を絶頂に押し上げていく。いつになく硬く感じられる乳首の粒を乱暴にぐりぐりと押し潰されて、中が荒賀のものを搾り取るかのようにひくついた。

——イク……っ！

切迫した絶頂感に追いやられ、ついに響生は激しい悦楽とともに絶頂に達した。

ガクガクと跳ね上がる腰を押さえつけながら、その奥に荒賀が熱いものを注ぎこむ。その熱に灼かれて、さらなる悦楽に響生は押し上げられた。

「つぁ、……ツンぁ、あああ、あああ……っ」

頭の中が真っ白に染まる。

バラバラに弾けたような意識が戻ってくるのとともに全身から力が抜け、響生はそのまま眠りへと落ちた。


身体の中に、まだ何かが入っているような感覚が残っていた。

内臓を刺激されすぎたのか、鈍い痛みが腹のあたりに滞っている。腹を抱えこむように腕を回して寝返りを打った響生は、ふと目を開いた。まだひどく眠かったが、どこからか声が聞こえてきたからだ。

「……ああ。そうだ。そうしろ。……決定的な打撃となるだろうな。過労死と一緒に、すっぱ抜け。産地偽装がバレてからも、あいつらが性懲《しょうこ》りもなく不正を続けていたことが明らかになれば、それは社としての体質的な問題だ。……ああ、明日の朝刊には、間に合う。……二社に情報を流せば、後は自然と流れる」

——過労死？　不正？　性懲りもなく……？

何のことだろうかと、響生はボーッとしたまま視線をさまよわせた。荒賀が携帯で誰かと話しながら、こちらに近づいてくるのがわかった。

「そうだ。……ああ、ＴＯＢの準備もしとけよ。そろそろ、一気に仕掛けるころだ。……ああ、そうだな。いくつか、タマは残しとけ」

ＴＯＢ、という単語によって、一気に目が覚めた。荒賀が話しているのは、『食楽園』についてのことに違いない。

眠気が吹き飛ぶ思いとともに、響生は軋む身体を起こす。外は明るく、朝のようだ。ベッドサイドに立った荒賀と視線が合う。

この企《たくら》みを響生に知られたことを認識したはずなのに、荒賀は悪びれた様子も見せなかった。

「じゃあ、後は任せた」

携帯を切った荒賀に、響生は被せるように言った。

「取引したはずだ……！」

「何を？」

平然と聞き返されて、響生は耳を疑う。

昨夜、自分が身体を投げ出したのは、会社を救うためだった。

そのためにどれだけの醜態を演じたのかと、思い出しただけで目眩がする。荒賀に嫌というほど犯され、悦楽を貪った。

さんざん喘いだせいで、まだ声がかすれている。

「何をって、……約束しただろ……！」

あの約束さえなければ、荒賀と二度目の関係を持つはずがない。憤りで、全身がぶるぶると震えてくる。

荒賀は携帯をサイドテーブルに置いてから、ひどく酷薄そうに目を細めた。

「悪いな。上からの命令でね。大金がかかっている以上、途中でやめることはできない。それに、もともと俺がどんな人間だか、知らないはずがないだろ」

――え？

その言葉に、響生は横っ面を張り飛ばされたような衝撃を受けた。

荒賀は最初から約束を守らないつもりで、響生にあのような誘いをかけたというのだろうか。

目眩がするような感覚の中で、響生は震えながら聞き返す。

「……何を、……したんだ。何をすっぱ抜かせるつもりなんだ？」

過労死だけではなく、不正がどうのと言っていた。決定的な打撃と言っていたのが、怖くてならない。

荒賀は薄く笑って答える。

「店長の過労死。ろくでもない労働環境。そして、正されない食品偽装。産地偽装がすっぱ抜かれてからも、『食楽園』は性懲りもなく同じことを続けていた。海外からの安い野菜や、国内の捨て値で野菜を仕入れるルートが、すでに確立されて、手放せなくなったんだろう」

「それは、……本当か？　社長は知っているのか？」

その質問に、荒賀はひどく侮蔑《ぶべってき》的な笑みを浮かべた。

「先週あった内密での会議の模様を、録音してある。おまえは出席しなかったか？　せめて国内産と表示するのは見合わせたほうがいいんじゃないか、と幹部が意見した途端、宮川が烈火のごとくののしった。国内産の正規の野菜を仕入れたら、採算が取れないって。その幹部の責任で、今の仕入れルートを厳守しろと」

「バカな……」

響生はうめいた。

始終、会議は開かれている。響生はその全てに関わっているわけではない。秘書すら入れない内密の会議はいくつかあった。

その内密の会議の模様まで録音するなんて、荒賀は社内にどんなスパイを飼っているのだろうか。

だが、身体を投げ出すことによって、『食楽園』への攻撃はストップしてくれるという約束を、響生は諦めきれない。

信じられない思いで、響生は荒賀を見た。

昔から知り合いだった。荒賀がヤクザだということも、承知していたはずだ。だが、自分たちの間には、それなりの信義というものが存在していると思いこんでいた。

それは単なる甘ったれた妄想に過ぎないのだろうか。衝撃と落胆《らくたん》とともに、身体の痛みが増していく。

荒賀が自分との約束を紙くずのように破り捨てたことに、心臓が押し潰されたような衝撃を受けていた。自分が荒賀にとって取るに足らない存在だとあらためて思い知らされたことに、腹を立てるよりも放心した。

もはや自分たちは『友人』ではないことをわかっていたつもりでも、実際にはわかっていなかった。

何かの間違いではないかという思いが強すぎて、現実が把握できない。

そんな響生を、荒賀は視線をそらさずに見つめていた。それから、どこか柔らかな笑みを浮かべて、嬲るように尋ねてきた。

「あんなことをすれば、……俺が心変わりすると信じてたのか？」

声が優しく響くだけに、その言葉に潜んだ刃が心臓をズタズタに傷つける。

全身が氷のように冷たく感じられた。小刻みに震える指先を、響生は強く握りしめた。ようやく、自分が裏切られたのだと実感がわいてきたが、一筋の希望にすがらずにはいられない。

響生は声を押し出した。

「信じて……た……」

喉が痛く、血の味がする。

代償を払わなければ、荒賀は自分の願いをかなえてくれないということまでは認識していたものの、その約束すら踏みにじられるとは思っていなかった。

そんな響生に、荒賀があきれたように笑う。

「おまえは、……バカだな」

その声は、やはり不思議なほど柔らかく響いた。

「――そんなんだから、あの社長にもつけこまれる。あいつは確信犯だ。さまざまな違法行為を行いながら、全ての責任を部下に押しつけてきた。前回の産地偽装もそうだし、これから暴露されることもそうだろう。おまえも油断したら、社長に罪を押しつけられるぞ」

涙すらわかずにいた。

本当に自分はバカだと思う。それでも、響生はその言葉に反発を覚えずにはいられない。荒賀は信じてはいけない相手だったが、社長はそうではないはずだ。一つの信頼が崩れ去ったからこそ、もう一つのものにすがりつかずにはいられない。

響生はきつく歯を食い縛り、それから怒りとともに吐き出した。

「社長のことを……！　悪く言うな……！」

叫んだことで、喉の奥に痛みが突き抜けた。

荒賀のことを信じていた。だが、信じてはいけなかった。自分はバカだ。

だけど、宮川だけは信じていたい。宮川は響生の信仰めいた思いの対象だ。宮川が伝えてくる労働の大切さやお客様への奉仕の心が、忙しさに押し潰されそうな響生をずっと支えてきた。

――……他人のためになる仕事がしたい。

ずっと世間に支えられてきた自分だからこそ、その恩返しがしたい。社会にとって、必要な人間になりたい。

その懸命な思いが、荒賀に伝わるはずがない。他人を騙したり脅したりすることで、大金を儲ける荒賀になんて。

響生はこみ上げてきた怒りとともに、荒賀をにらみつける。

荒賀は敵だ。そのことが、ようやくわかった。かつてのしがらみのために見誤っていたが、荒賀は敵以外の何者でもない。

荒賀は響生の大切なものを、人々の懸命な労働の成果を、かすめ取ろうとしている。卑怯《ひきょう》な方法で会社を弱体化させ、金のために買収するつもりなのだ。

「社長を……悪く言うことだけは、……許さない」

興奮しすぎて、響生の声は上擦ってかすれた。

響生の混乱は頂点に達しており、あと少しでも何か刺激が加わったら爆発してしまいそうだった。

荒賀の前で醜態をさらさないためにも、響生は全身にぐっと力をこめる。

荒賀はそんな響生を眺め、挑発するように囁いた。

「おまえに何ができる？　俺の仕事を阻止できる自信でもあるのか」

その言葉に、肌がざわりと粟立った。

「やって……やるよ」

怒りのままに響生は立ち上がり、部屋を出て行くために、ベッドから下りようとする。

だが、膝に力が入らず、ぐんにゃりと床に倒れこんだ。貧血を起こしているらしく、目の前が真っ暗になって力が入らない。そんな響生を腕の中に引き寄せて支えたのは、荒賀だ。

グイっと強く抱きすくめられて、心臓がトクンと音を立てる。

「……バカ」

そうののしられても、抗議すらできないほど響生はぐったりしていた。荒賀に抱き上げられて、ベッドに転がされることしかできない。

「寝てけよ」

シーツをかけられた。

このまま眠るわけにはいかない。荒賀が、社に新たな攻撃を仕掛けようとしている。このままでは明日、三度目の産地偽装や過労死がすっぱ抜かれる。

だが、目を開けることすら困難だった。

どれくらい経ったかわからないころ、夢うつつに唇に触れてくる指の感触に気づいた。柔らかく唇をなぞってから、指は離れていく。

――荒賀……？

わかっているのは、そこまでだ。夢だったのかもしれない。

翌朝、社は大騒ぎになっていた。


朝からニュースでは、『食楽園』での店長の過労死と、三度目の産地偽装事件について、繰り返し大きく報じていた。新聞での扱いも大きい。

最初の産地偽装の記者会見のときの映像も、流されていた。その場で宮川は深々と頭を下げ、仕入れ担当者とその上司を処分し、社内の体制を見直し、二度とこのようなことが起きないように、再発防止に努めると約束していたはずだ。

『ですが、再び産地偽装が起きるということは、社内の態勢はまるっきりそのまんまということになりませんか』

『となると、賞味期限の問題も、まだしっかり見直されていないはず』

『健康被害が出る前に、抜本的に対策を講じなければ』

『近く、また警察が動くという情報も、耳にしておりますが』

そんなコメンテーターとアナウンサーとのやりとりが、各局で流される。さらに、過労死に結びつくほどの『食楽園』での劣悪な労働条件についても、痛烈に批判されていた。

『食楽園』はお詫びの記者会見を開き、宮川はその席で深々と頭を下げた。だが、マスコミはその態度に納得することなく、糾弾《きゅうだん》するような質問を集中砲火的に浴びせかけた。その記者会見で事は治まらず、むしろ煽られたかのように、マスコミは『食楽園』を嗅ぎ回り、新たなネタを暴き出そうとしてきた。

そんな中で、響生は忙しく立ち働いていた。

ものすごい逆風の中で、懸命に『食楽園』を守り抜こうという思いだけが、響生を支えていた。荒賀の裏切りが、ぱっくりと胸に傷を開けている。そこから鮮血が溢れ出しているようだった。

自分にできることは、何でもこなそうと決めた響生は、マスコミから膨大に入る取材依頼を整理しながら、エリアマネージャーを手伝って各店舗を回り、そこの社員やアルバイトを励ます役割を果たす。

すでに一店舗当たりの売り上げにも影響が出始めており、マスコミに踊らされた人々による嫌がらせやトラブルも、頻発《ひんぱつ》し始めていた。

いくら引き止めてもアルバイトが次々と辞め、人手不足もますます深刻になりつつある。

そんな中で、宮川だけは以前と変わらないほど精力的に取材やインタビューを受け続けていた。インタビューの場での宮川は、毅然と頭をもたげていた。どんな失礼な質問を受けても動じることなく反論し、世間の『食楽園』に対する誤解を解くためとして、その再生プロセスを語り続ける。その姿に、響生は勇気を与えられた。

毎日動けなくなるまで、響生は奔走《ほんそう》していた。仕事は探せば、いくらでもあった。くたくたに疲弊していたが、絶対に荒賀に屈するわけにはいかない。その一心が、響生を支える。

あの日、心身に刻みこまれた憎しみが、休むことを許してはくれなかった。

帰宅すらできないほどの多くの雑務を自分から抱えこんだが、忙しければ忙しいほど、荒賀の裏切りを思い出さずにいられた。

過労死と三度目の産地偽装が発覚して五日目の夜。遅くに社に戻って来た宮川に、響生は社長室に呼び出された。

「お呼びでしょうか」

目の奥が重く痛むほどの疲労を感じながら、響生は社長の机に近づいていく。革張りの肘掛け椅子に深々と座りこんだ宮川の目が、響生を見据えて鈍い光を放った。

「……うちに敵対的買収を仕掛けているヤクザが、この騒動の裏にいるそうだな」

「はい」

響生はうなずいた。

その報告書を、宮川に提出してある。

黒幕である『コーラムバイン・コーポレーション』の実体についてはつかめないと、民間の信用会社からの報告書では結論づけていたが、響生はそれにメモをつけておいた。

あくまでも私見に過ぎないが、おそらくこの『コーラムバイン・コーポレーション』は荒賀組のフロント企業であり、荒賀は小学、中学、高校時代の同級生であるから、命令があれば自分が直接調査する、と書き添えたのだ。

そのことが、宮川の目に留まったらしい。

「荒賀組が、うちの騒ぎの背後にいるとは驚きだ」

もともと荒賀組のことを、よく知っていたような口ぶりに、響生は引っかかる。真っ当な企業の社長にしては、裏社会との距離が近いように感じられたからだ。

「証拠はありませんが」

証拠はないが、確信はある。あの朝、荒賀が電話で命じた通りに、第三の産地偽装が暴かれたからだ。それを阻止しようとして荒賀と寝たが、約束を破棄《はき》されたことまでは口に出せない。

「荒賀の若頭——侑真が、おまえの同級生だというのは事実らしいな。だが、荒賀組の後継者と言われる切れ者が、おまえに操れるか？」

荒賀のことをよく知っているような口ぶりに、響生はやはり違和感を覚えてならない。だが、宮川は思わぬ情報に通じていた。報告書を提出してから呼び出されるまで数日間あったのは、マスコミの対応に苦慮していたのに加えて、響生と荒賀が同級生だという裏付けを取り、荒賀本人についても調べさせたのかもしれない。

「荒賀は私の、……幼なじみとでもいうような存在です。あいつには個人的な恨みがたっぷりあります。……あいつを破滅させるためなら、何でもするつもりです」

響生は先日の怒りを蘇らせて、きつく拳を握りしめた。

荒賀に軽んじられ、約束を破棄されたことを思い出しただけで、物理的な痛みすら覚えるほどだ。どんなふうにしたら、荒賀に復讐できるのかわからない。荒賀の狙い通りに『食楽園』を潰させないことが唯一の対抗措置《そち》だと考えて、今まで必死に奔走してきたのだが、他に有効な手立てがあるだろうか。

大きな机の上で、宮川は両手の指を組み合わせた。少しだけ前屈みになって、響生を近くまで招き寄せる。

「ならばおまえに、折り入って頼みたいことがある。ここだけの話にしてもらいたいんだが、実はね、……荒賀組に、うちは弱みを握られてるんだ」

「弱みを……？」

響生は息を詰めた。

すでに『食楽園』についてのあらゆることを、餓《う》えたハイエナのようなマスコミに根掘り葉掘り調べつくされている。他にも何かあるのだろうか。

——そういえば、あの朝、電話で他に隠しダマがどうとか。

「これから話すことは、誰にも内緒だ。いいね」

宮川に言われて、響生は一瞬の躊躇ののちにうなずいた。話を聞いたら、後戻りできないような気がした。だが、『食楽園』を守るためなら、何でもすると決めたはずだ。

宮川は重々しい表情で、言葉を押し出した。

「実は、不正経理の証拠を、荒賀組に握られている」

「なん…です……って」

響生の肩が大きく震えた。

まだ膿《うみ》は全て出しきれてはいなかったらしい。それがどれだけ致命的なものなのか知りたくて、響生は宮川の言葉の続きを待った。

「この本社ビルが建っている場所には、もともと大きな屋敷があった。ここは、駅にも近い一等地だ。だから僕はこの土地が欲しくて、不動産屋に紹介された持ち主の老人に、何度か折衝《せっしょう》を試みた。何せ建っていたのは今にも崩壊しそうなボロ屋で、その老人は天涯孤独だっていうからね。かつかつの年金暮らしとも聞いていたから、うちに是非ともこの土地を売って、金に困ることなく、優雅な老後を送られてはいかがでしょうって。——だけど、その老人は決して首を縦には振らなかった。仕方なく僕はこの土地を諦め、他の土地での計画を進めていたんだ。そんな折、……荒賀組の息のかかった不動産業者から、連絡があった。あの老人が亡くなって、土地が売りに出されてると。買うつもりはありませんかと」

「……え……」

時間の経過がわからなくて、響生は瞬きをする。

天涯孤独の老人が亡くなったとき、遺産はまず国のものになるはずだ。なのに、そうはならず、荒賀組の息がかかった不動産会社のものになったということなのだろうか。

宮川は寝不足の充血した目で響生を眺め、言葉を継いだ。

「いきなり買わないかと持ちかけられても、すぐに返事ができるはずがない。不審に思って、その背景を調べさせた。何と荒賀組も、前々からこの土地に目をつけていたそうだ。病気で伏せるようになった老人に、ボランティアでの介護を装って接近し、遺言書を偽造して、死後にとある宗教法人に贈与させる形を取らせた。そんな方法で、この一等地を取得したんだ。さすがにうちでは、そのような不正な土地は買うわけにはいかない。その調査報告書とともに断りの返事を突きつけたら、荒賀組もさるもの、今回の不正を黙っておいてくれれば、その礼として格安でうちに譲り渡すと持ちかけてきた。その交渉に当たったのが、荒賀侑真だ。ずるがしこくて、侮《あなど》れない男だな。頭が切れる」

——荒賀が、……そんなことを……。

思いがけない話のなりゆきに、響生は息を呑んだ。

思い出してみれば、荒賀と再会したのもこの本社ビル内だ。荒賀がヤクザという正体を隠して、宮川にろくでもない投資話を持ちかけようとしているのだと響生は誤解したが、それ以前から付き合いがあったことになる。

「それで、どうしたのでしょうか」

この土地に本社ビルが建っている以上、断ったとは思えない。宮川は一息ついて、うなずいた。

「うちは結局、その申し出を受けることにした。上場前だったから、何かと物いりでね。安ければ、安いほどいい。だが、その際、荒賀組との密約を交わすことになった。この件については、互いに決して口を割らないと。そうしないと、土地の売買が成立したのち、僕が第三者として被害者の立場に立って刑事告発しないとはかぎらないと、荒賀組のほうでは心配だったのだろう。だからこそ、僕があいつらの悪事を承知で土地を買ったという覚え書きを取られた。それが、侑真の手元にある。億単位の値引きと引き替えに、僕はその覚え書きを書いた」

「……っ」

響生は唇を嚙む。

清廉潔白だと信じこんでいた宮川が、そのような不正に関わっていたとは思わなかった。衝撃が響生を襲う。だが、どうにか自分を納得させたかった。宮川が荒賀の条件を呑んだのは、社の財政状況を好転させるためだ。

上場を前に、あれ以上負債は増やせなかった。

そう自分に言い聞かせてみるが、不正は不正という思いが消えない。どこかが納得できない。

――だけど、悪いのは全部荒賀だ。

響生が今回、騙されたように、宮川も騙し討ちのような方法でこの条件を呑まされたのかもしれない。

狡猾《こうかつ》な荒賀がどんな手を使ったのか、わかったものではない。

響生は少しうなだれて、尋ねる。

「それを、……見つけて、回収しろということでしょうか」

「そうだ。その覚え書きは、うちの封筒に入れて封がされている。それがそのまま、侑真の手元にあるはずだ。あいつが知り合いだというのなら、それを入手して開封せずに回収してくれ」

「ですが、……どうすれば」

響生は困惑する。

どうすれば、暴力団の組事務所の金庫の中に隠されているような密書が自分に回収できるのか、想像もつかない。

だが、宮川は重ねて言ってきた。

「友達だろ？　今から、おまえを解雇する形を取るから、あいつに泣きついて雇ってもらえばいい。隙を見て事務所を家探しすれば、書類を回収できる。だが、ああいうタイプは、事務所ではなく、自宅に書類を隠し持っている場合もあるだろう。そっちも探す必要がある。自宅で、飲み会でもあればいいんだが」

解雇、と言われたことに、響生は衝撃を受けた。

「私は、解雇されるのでしょうか」

そこまでして、回収しなければいけないものなのだろうか。そもそもそれは、響生自身が関わった不正ではない。

「形だけだ」

宮川は組み合わせた両手に、唇を触れさせるようにして続けた。断る余地すら与えない強引さに、響生はうなずく以外の選択肢を与えられそうにない。

形だけと言われても、響生は不安でならなかった。今まで自分がしてきたことがゼロになるような、何の補償もなしに放り出されるような足場のなさを感じた。

ためらう響生に、宮川が言った。

「あの書類が流出したら、うちは今度こそとどめを刺されることになる。『食楽園』がなくなることを考えたら、残念ながらおまえを解雇する形を取らざるを得ない。会社が潰れたら、元も子もないからね」

そんなふうに言われたら、響生もうなずくしかない。

「そう……ですね」

全て悪いのは、荒賀だ。

悄然《しょうぜん》とうつむいた響生の前で、宮川は椅子から立ち上がり、机を回りこんで近づいてきた。励ますように、響生の肩を叩く。すぐそばから、まっすぐに見つめられた。

「この書類さえ取り戻せたら、うちは心おきなく全力で反撃に出られる。そのときには、当然、おまえの力が必要だ。この件が片付いたら、おまえを僕の右腕に取り立てることも考えよう。一緒に、『食楽園』を盛り立てていこう。もともと、おまえには期待していたからね」

——役員に……。

そこまで言われたことに、響生は震えるような感動を覚えた。

荒賀に対する最大の復讐は、大金を注ぎこんでいるらしい『食楽園』を潰させないことだ。あの男の思うがままにさせないためには、宮川が命じた通りに弱点を克服して、反撃に出ることが必要だと響生は割り切ることにした。

「はい……っ」

力強くうなずくと、宮川は満足そうに微笑む。

「頑張ろう。おまえの力が必要だ」

「はい！」

強い感動とともに、響生は返した。

だが、あんな別れ方をした自分を、荒賀は受け入れてくれるだろうか。

それがまず、不安だった。

そして、不正に関わった宮川への不信感が、心の奥底に芽生え始めていた。

〔四〕

「俺に何か用か？」

いきなり背後から話しかけられて、響生はギョッとして振り返った。

『アクト興産』の入っているビルの駐車場だ。荒賀の元に潜りこもうと決めたものの、どうすればいいのかわからなかった。フロアに踏みこめないまま、ここで待ち伏せる形で帰りを待っていたのだ。

舎弟を従えて近づいてきた荒賀はすでに仕事が終わった後のようだが、見るからにパリッとしていた。

響生は、紺色のコートの上にぐるぐるとマフラーを巻いた姿だ。手袋までしたいような寒い日だというのに、荒賀はコートすら身につけてはいなかった。高級そうなスーツだけで事足りるのは、移動に車を使うからだろうか。

磨き抜かれた眼鏡が際だたせる知的な風貌と相まって、海外のエリートのように垢抜《あかぬ》けてみえる。

心の準備もなく、いきなり荒賀と顔を合わせたことで、響生はここまでいろいろ計画していたことも空《むな》しく、焦りまくって口走るしかない。

「……今日、クビになったんだ」

それは、事実だった。

ここに来る前に、解雇の手続きを受けてきた。『アクト興産』がその気になったら、解雇の手続きがされているかどうか簡単にわかるから、実際にそうするという理由からだったが、事務的な手続きを経たことで、響生は会社から放り出されたような寂しさを覚えている。

ついでに、少し泣いてしまった。

荒賀はその答えに少しだけ目を見開いたが、すぐに他人事のような取り澄ました表情に戻った。

「で？」

「……おまえのせいだ」

突っかかるように言っていた。

だが、荒賀はその態度がおかしいのか、口元をほころばせた。

「そうか」

それだけ言って、荒賀は響生に近づいてくる。足音を立てずに歩く肉食獣のしなやかな動きに、響生は警戒して身体をガチガチに強張らせずにはいられない。

だが荒賀はそんな響生の横を通り抜け、前方にあった車の後部座席に乗りこんだ。

——え？

無視された形になった響生は、棒立ちになる。自分はただ、荒賀の通り道に立っていただけだろうか。

——そうだけど。

そのとき、荒賀は後部座席のドアを閉じずに声を放った。

「乗れ」

——え？

響生はその反応にも驚く。

何のつもりで、自分が車に誘われているのか、わからない。

だが、これはチャンスだった。

荒賀を許したわけでは決してなく、近づくだけでも抵抗があるほどだ。だが、荒賀の元にある書類を回収するためには、解雇されたと言って『アクト興産』に雇ってもらうしかない。

そう心の中で決めていたものの、耳元で甘い言葉をかけられたのならば、なかなか素直になれずにいただろう。だが、こんなふうに突き放して誘われると、荒賀についていくか、拒むかを選択することしかできない。

こんな態度さえ響生の性格を知りつくした荒賀の罠《わな》かもしれなかったが、警戒するように眺めたときにうながされた。

「乗らないんだったら、出すぞ」

ドアを閉じられそうになったから、響生は慌てて車に向かうしかない。

隣に座ると、荒賀は運転手に命じた。

「出せ」

車が走り出してしばらく経ってから、どうでもよさそうに尋ねてくる。

「クビになったのは、どうしてだ？」

それには、どう答えようか困った。

退職の手続きのときのことを思い出しただけで、不覚にも涙がにじみそうになる。いろんな思いがつまった『食楽園』との縁が切られてしまうような思いに囚われたからだ。

それをぐっと抑えて、言ってみた。

「……何かあったわけじゃないんだ。うち、業績悪化してるから、……人員整理に引っかかって」

喋っているうちに、それが真実であるかのように思えて、悲しくなった。動揺のために、響生の声は喉に引っかかる。

それでも、他人事のような、荒賀の態度は崩れない。

「人員整理？　へえ。おまえみたいな、会社第一の洗脳済みの社員を放り出すなんて、よっぽど困ってるんだな。何か、上司に楯《たて》突くことでもしたか？」

その言葉に煽られて、響生はぐっと歯を食い縛る。

嘘《うそ》を言うのは心苦しいが、騙されたら騙し返すまでだ。そのためには、嘘でも何でもつくしかないだろう。それに、全部が全部、嘘というわけではない。

「俺はすごく頑張ってたよ！　誰よりも頑張ってた！　なのに、どうして俺が……っ！　退職金も、ビックリするほど少なかったんだ。……あんなに少ないとは思わなかった。それに、……アパートも追い出されることになって」

喋っているうちに、じわじわと涙がにじんでくる。

そんな響生を横目で眺める荒賀は、悠然とした態度を崩さない。

「そうか。おまえ、社長に捨てられたんだな。あんなにつくしていたのに」

そんな物言いが、響生の心臓にギリギリと爪を立てる。

この男は、どうしてこんなに楽しそうに響生を追い詰めるのだろうか。

そんな荒賀を騙すのに良心の呵責《かしゃく》を覚える必要はないと、響生はあらためて自分に言い聞かせた。

「いきなり言われたんだ。明日から来なくていいよって……っ」

そこまでは言われなかったが、いきなり社から放り出された感が強くて、響生はその衝撃をいまだに受け止めきれずにいる。

悲しい気持ちがこみ上げてきて、不意に浮かびそうになった涙を、響生はまたどうにか抑えこんだ。

――早く、戻らないと。

そのためには、さっさと荒賀の手元にある書類を取り戻さなければならない。

「アパート追い出されるって、おまえ、社宅に住んでたのか？」

「最初は別にアパート借りてたんだけど、帰って寝るだけになってたから、本社ビルから歩いて帰れるところにある社宅に住むことにしたんだ。社宅っていっても、……普通に家賃はかかるし、値段の割にはボロいアパートなんだけど」

「ふーん」

聞き流されているような気がして、響生はなおも何かに突き動かされるように喋った。

計算された退職金の書類を見せられたとき、桁が一つ間違っているのかと思った。それくらいひどかった。今まで退職金が少ないという噂を聞いたことはあったが、ここまでとは思わなかった。

荒賀の同情を買うつもりもあって喋ったのだが、話せば話すほど自分の置かれた状況の惨めさが身に染みてくる。

それに、この男はそれくらいで同情するほど甘い性格はしていないだろう。

ブラックだ、ブラックだと言われてきたが、『食楽園』は本当にブラックかもしれない。

響生の愚痴を、荒賀は聞き流しているように見えた。そんな態度に、響生は絶望的な気持ちになる。

響生が困った境遇にあろうが、荒賀にとっては知ったことではない。

だが、響生が口をつぐむと、荒賀が切り出してきた。

「――俺のところに来るか？」

「え」

「俺の家」

ギョッとして、響生は荒賀を見た。『アクト興産』で雇うのではなく、家に誘われるとは、思わなかった。

だが、荒賀の目は冷静に響生の反応を見定めようとしているように思えて、ドキリとする。こんなにも簡単に、荒賀の懐《ふところ》に入りこめるなんて何かある。

何もかも見抜かれているような不安が、心をかすめた。

「……何で……」

荒賀は素っ気なく、眼鏡のフレームを押し上げた。

「何でって、行くところがないんだろ？　俺のマンションなら部屋が余ってるから、おまえ一人ぐらい転がりこんでも、問題ない」

「だ、だけど、家賃とか光熱費とか……っ」

焦って、ひどく現実的なことを言ってしまう。そんなことではなく、自分を招き入れる荒賀の意図が知りたいだけだ。

だが、食えない荒賀のことだから、正直に答えてもらえないことぐらいはわかっていた。

「家賃はいらない。光熱費も。気が向いたら、メシでも作ってくれればいい」

からかうように言われて、響生は面食らう。あんなことをして自分を騙したのだから、毒を入れられても不思議ではないはずだ。

だが、その心配をされていないというのは信頼されているのか、それともひどく甘く見られているのか、区別がつかない。

「……手抜きなものしか作れないけど」

自然と眉が寄り、ため息が漏れた。自分に荒賀が満足できるような料理ができるとは思えない。

「手抜きでかまわない」

どうでもよさそうに言われて、響生は後部座席で落ち着かなくなって身じろいだ。

どうにかして荒賀の元に潜りこまなければと思っていたが、こうして招き入れられることになると、もう一つ問題が出てくる。

「おまえのところに行ってもいいんだけど、……妙なことはしないと約束するか？」

「ん？」

聞き返した直後に、荒賀は納得したかのような人の悪い笑みを浮かべる。

長い足を組み直し、意地悪そうに目を細めて聞き返してきた。

「妙なことって、具体的にはどういうことだ？」

「えっ、……その……っ」

わかっているくせに、わざとこんなふうに言ってくるのが憎たらしい。こんなにもモテて女にも不自由していない荒賀に、襲うなと警告するのは、思い上がっているような気がして恥ずかしい。ぷいっとそっぽを向くと、思いっきり冷ややかな声で言われた。

「手を出さないかって、心配してんのなら、安心しろ。おまえに手を出すほど、落ちぶれてはいないからな」

その言葉が、響生の心臓に刃を突き立てる。

だったら、どうして二度もあんなことをしたのかと問い詰めたい。

悔しさが悲しさに変わり、胸がやたらとズキズキする。荒賀に何か言い返してやりたい。だが、荒賀にケンカを売ることは、今はできなかった。この男に復讐するために、懐に飛びこむことにしたのだから。

――後で見てろ。

それでも悔しさを完全に隠すことはできずに、響生はふてくされた声で言った。

「だったら、……おまえのところに行ってやってもいい」

からかうように、荒賀が混ぜっ返した。

「置いてください、だろ？　仕事もクビになったんなら、何か見つけてやろうか」

「誰がヤクザの仕事なんてするかよ!」

反射的に言い返した後で、響生は後悔する。

荒賀の元にあるという書類を見つけるためには、仕事も手伝ったほうがいいからだ。

——だけど、……っ、ヤクザの仕事なんて……。

母が言った言葉が、今でも響生の心の奥底にこびりついていた。

だが、荒賀は何もこたえていないかのような、ニヤニヤ笑いを崩さない。

「そうバカにしたもんじゃないぜ。まぁ、しばらくは遊んでいてもかまわないが、手が足りないときは手伝ってもらおうかな」

「手伝えって、やっぱりヤクザの仕事を?」

「おまえにでもできる、事務の仕事ってもんもある。信頼できる人間は少ない」

軽く言い放たれて、響生はドキリとした。

——俺のこと、信頼してんの?

あんなことをしでかしておいて、何も報復されないと思っているのだろうか。

——おめでたすぎる……。

よっぽど自分は荒賀に侮られているらしい。

かくして響生は、荒賀のところに滞在することになった。

まずは社宅であるアパートから、響生は荒賀のマンションに荷物を移す必要があった。だが、荒賀はそつなく気配りをしていて、仕事に出かける前に舎弟たちに引っ越しの手伝いをするように言ってあったらしい。

いきなりやってきた舎弟たちと一緒に響生はトラックで社宅に向かい、荷物を運び出す。段ボールで数箱と簡単な家具しかなかったから、舎弟二人の加勢があればすぐに終わった。

荒賀のマンション内で響生にあてがわれることになったのは、八畳よりも広い洋室だ。この部屋を、響生が好きなように使っていいらしい。

――にしても、すごいマンションに、すごい部屋。

一生自分が住むことはないだろうと思っていた億ションに滞在することになった。舎弟には帰ってもらって、後は一人で荷物を片付けることにしたが、響生は何かと落ち着かない。

ピカピカの高価そうな大理石の床を傷つけないために、最初に自分の部屋から持ってきた安物のカーペットを敷きつめた。その上にいくつかの家具を置いたが、豪華な壁紙や部屋のシャンデリアとはあまりにも不釣り合いだ。特に学生時代から使っているせんべい布団が、アンバランス過ぎる。この布団は、十年以上も使っていた。

――でも、ま、……いいか。ずっといるわけじゃないし。

自分の荷物は驚くほど少なかったので、一息ついてから、響生は荒賀のマンションの室内をうろついた。

家族でも住めそうなほど部屋数のある立派なマンションだったから、部屋が空いていると言っていたのは嘘ではなさそうだ。事実、この部屋は響生が来るまでは物置に使っていたらしく、すぐに空にしてくれた。

だが、どうして荒賀が自分をこんなふうに家に招き入れてくれたのか、その意図が今でも不可解だ。

──下心があるのならともかく。手を出さないって言われたし……。

リビングには、見るからに高級な家具が置かれている。ソファなどは一枚革の、デザイン性にも優れた座り心地のいいものだ。敷かれた絨毯もふかふかで、うかつにコーヒーの染みなどつけようものなら大変なことになりそうだ。テレビも各部屋に、大きなものが据えつけられている。

陳列棚《ちんれつだな》にある酒は好きなものを飲んでいいそうで、用事があればマンション付きのコンシェルジュに頼めと言い残されている。マンションの説明などが載っているパンフレットが見える位置に置かれていたからそれをめくってみたら、買い物や掃除など、コンシェルジュで、全て代行できるそうだ。

──だけど、……いくらかかるんだろう？

そう思うと、自分でできることはこなしたい。

響生はまず、買い出しをすることにした。ここにある冷蔵庫はファミリー用の大きなものだったが、飲み物と酒しか入っていない。荒賀は滅多《めった》にここで食事を摂《と》ることはないようだが、たまに食事を作ると約束したし、第一響生の食事も必要だ。

エレベーターで一階に下り、そこにいたにこやかで愛想のいいコンシェルジュに、近くのスーパーの場所を聞いた。行ってみたら響生がいつも利用しているスーパーより高級品ばかりが並んでいたが、一通りの買い物を済ませ、それから掃除をすることにする。

ほとんど床に埃《ほこり》はたまっていなかったが、それでもきっちりと拭き掃除をしていく。動いていないと落ち着かない。

『食楽園』に就職してから、ひたすら休むことなく働き続けてきた。休みの日もいつ呼び出されるかわからない状態で、家事をどうにかこなすだけでやっとの日々だった。

その合間に、宮川の書いた本や映像を見て、レポートを作成する必要もあった。考えてみれば、一日ゆっくりできたことなど、風邪を引いて寝こんだとき以外はなかったのではないだろうか。

――だけど、今日から出社しないでいいってなると、……何をしていいのかわからないな。

解雇という形を取られたが、『食楽園』と縁が切れたわけではない。荒賀の元に来たのは、目的あってのことだ。宮川が言っていた不正経理の証拠となる書類を見つけ出し、職場に復帰しなければならない。自分の不在に、職場の皆《みんな》が慣れてしまう前に。職場で不要だと思われるのが怖かった。

だが、探ろうとして手をかけた荒賀の私室のドアには、しっかりと鍵がかけられていた。他の部屋の掃除をしながら鍵を探してみたが、見当たらない。自分がそこまで警戒されているとは思えなかったが、家の中でも鍵をかけるのは、極道として当然のリスク管理だろうか。

――ま、……しばらくここにいれば、チャンスも生まれるはず。

荒賀が風呂に入ったり、トイレに行くときまで私室に鍵をかけるとも思えない。

昨日の夕食のときに、荒賀が何気なく口走った言葉が頭に残っていた。

『俺は大切なものは皆、自分の部屋にしまいこむんだ。仕事上のものでも、何でも。だから、部屋にでっかい金庫を据えつけてある。泥棒でも盗み出せないぐらいの、何百キロもあるやつ』

たまたま話の流れがそっちにいっただけだが、貴重な情報だった。まずは、荒賀の部屋にあるという大きな金庫の中を探りたい。

そこになかったら、職場のほうにある金庫まで探さなければならないだろう。

──仕事、手伝わせるとか言ってたけど、本当かな。

自分に極道の仕事がこなせるのかどうか以前に、不正には関わりたくないという強い思いもあった。

あれこれしているうちにだいぶ時間が経ったのに気づいて、響生は自分の私物の整理を始めることにした。それが終わると、今度は水回りの掃除を始める。どこも、さして汚れはたまっていなかった。

──そういえば、恋人とかいるのかな、荒賀。……女の痕跡はないけど。

ピカピカになるまで床を磨き上げながらも、そんなことが気にかかる。

気づけば夕食時で、響生は食事の準備を始めることにした。

──荒賀が何時に帰ってくるのか知らないけど。ま、ついでだから。

荒賀が食べなかったら、自分の明日の食事にでも回せばいい。そう思って多めに作ったのだったが、荒賀の帰宅が何時ごろになるのか気になってそわそわしてしまう。

だが、荒賀は現れない。あんな男をどうして待っているんだと何度も自分に問いかけ、響生は午後八時を過ぎたころに、自分の分だけ一人で食べることにした。

後片付けをしてからソファに手足を伸ばすと、全身くたくたに疲れきっているのがわかる。こうならないと、休憩することができない。休みなく働いてきたから、どこで気を抜いていいのかわからない。

——考えてみたら、俺、子供のころからゆっくりとしたことがないよな……。

響生は洗い物をしてからシャワーを浴び、湯上がりにリビングでテレビをつけて、少しだけ酒を飲んだ。今頃職場の皆はどうしているだろうか。そこにあった革のソファはひどく寝心地がよくて、身体をふわりと受け止めてくれる。早くもそこがお気に入りの場所になった響生は、酔いも相まってうとうととしていた。

幼いころの荒賀とのことを、ぼんやりと考える。

ずっと憧れの相手だった。

荒賀とのことを思い出すたびに、エロＤＶＤを一緒に見たときの、荒賀からの誘いを思い出さずにはいられない。

——あれも、なりゆき、だったんだろうけど。

戯《たわむ》れに手を出されているだけに過ぎないのに、抱かれるたびに、あんなにも乱れてしまう自分が恥ずかしくてならない。

男に抱かれるなんて、そもそも考えられない。なのに、次第に快感に流されてしまう自分が嫌だった。響生はゴロリと寝返りを打って、目元を腕で覆う。

いつか荒賀がヤクザになることは、避けられないこととして予感していた。家の期待を一身に背負った荒賀の将来の選択に対して、絶交という子供っぽい方法しか提示できなかった自分の愚かさに目眩がする。

こんなふうに敵味方になる以外に、選択肢はなかったのだろうか。

あっさりと絶交を承知され、嘘をつかれるほどに軽んじられるようになった自分にため息が漏れる。

今ではヤクザではない荒賀というものを、想像できないのも事実だ。

昔のことを思い出しているうちに、いつの間にか眠りこんでいた。人の気配を感じて、響生はビクッと肩を震わせて目を開く。

するとと、驚いたような顔をして、荒賀がソファをのぞきこんでいるところだった。

「あ……」

高校生のときの夢をつらつらと見ていただけに、すっかり男らしく成長した荒賀の顔をまじまじと見つめてしまう。

荒賀は今、仕事から戻ってきたところらしい。

しっくりとその身体に馴染む、高級そうなスーツを身につけたままだ。響生がソファから起き上がると、荒賀はネクタイを片手で緩めながら、言ってくる。

「このソファ、寝心地いいだろ。だけど、寝るなら部屋で寝ろ。もしくは、ちゃんと暖房入れろ。風邪を引く」

「ん……」

響生は寝ぼけ眼《まなこ》で、部屋を見回した。リビングのソファでうたた寝していたらしい。

テーブルの上には、響生が作った食事がラップをかけられて、出しっぱなしになっていた。壁の時計は午後十一時を回っていたから、荒賀はとっくに夕食を済ませてきた後だろう。

裸足で床に下り、冷蔵庫にその皿をしまおうとしていると、荒賀が言ってきた。

「俺の分？」

「……一応」

「作ったのか？」

「ついでだから」

だが、食べるとは思わずに、響生はどんどん皿を冷蔵庫にしまっていく。自分が作れるのは、味噌《みそ》汁《しる》とご飯、肉と野菜のおかず、といった地味な食事でしかない。

昨日、夕食に連れていってくれた店の豪華なメニューを思い出せば、食べる気もしないのは当然だろう。基本、自分が食べるものを自炊すればいい。

そう思っていたのに、不意に荒賀に言われた。

「いや。……食おうかな」

ビックリして、響生は動きを止めた。

「え？　食べるの？」

「ああ。……味噌汁飲みたい。おまえの作った、わかめと豆腐の味噌汁」

わかめと豆腐の味噌汁は、響生の定番だ。今日作ってあったものをあっさりと言い当てられて、やけに恥ずかしくなる。

「ワンパターンだって言いたいんだろ。それに、貧乏臭いとか」

「余計な具がなくていい。俺は、こういうシンプルなのが好きだ」

好き、と言われるだけでドキリとするのはどうしてなのだろう。

それだけ言い残すと、荒賀が部屋を出て行く。スーツを脱いで、着替えるのかもしれない。

戻ってくるまでの間に、響生は味噌汁を温め直して、テーブルに置いた。

自分を騙して犯した荒賀のことを、もっと憎んでもいいはずだ。なのに、こんなふうに穏《おだ》やかな時間が持てるのが不思議でならない。

——だけど、これは、……荒賀を油断させるための手だから。

自分に言い訳していると、戻ってきた荒賀が椅子に座って、味噌汁の椀《わん》を両手で包みこむ。一口味わってから目を細めて、どこか幸せそうな顔をした。

その表情に、響生の視線は釘付けになる。

荒賀が椀を置いた。

「明日も、作れよ。味噌汁だけでいい。……具も、おまえの好きなのでいいから」


朝食を家で食べていく習慣は荒賀にはないようだし、帰宅する時間も遅かったから、響生が荒賀に作るのは味噌汁だけだ。

ヤクザの仕事というのは真夜中にかかることも多いらしく、顔を合わせない日もあったが、気づけば冷蔵庫に入れてある味噌汁だけがなくなっている。

一日中、荒賀のマンションですることもなく過ごすにつれ、響生はテレビのニュースやワイドショーを見ることが多くなった。いまだに『食楽園』のニュースが、マスコミを騒がせていたからだ。どうしても『食楽園』がどう報じられているのか、気になった。

社での長時間労働や勤務形態が意外なほど正確に伝えられており、最初のうちはそれを批難するコメンテーターたちの言葉に、響生はいちいち反発していた。だが、圧倒的なニュースの量にさらされるにつけ、もしかしたらこの勤務形態はあり得ないことなのかもしれない、という認識が胸に忍び寄ってくる。

さらに、とあるコメンテーターが示した数字に、響生は引きつけられた。

「このように、『食楽園』で働く従業員の、一時間あたりの実質的賃金はひたすら下がる一方なんですね。それに対して、社長である宮川氏の報酬はうなぎ登りです。これは、ここ五年間の従業員の実質賃金と、宮川氏の報酬との比較のグラフなんですが、宮川氏の年収は、軽く億を超えています。宮川氏は『食楽園』の大株主でもありますから、そちらからもかなりの報酬を受け取っていることに」

——軽く億を超える……？

響生はごくりと息を呑んだ。

宮川はいつでも仕事の尊さばかりを説き、労働条件や賃金などは単なる見返りに過ぎないと語り続けてきた。その宮川が、そこまでの高給取りだという認識はなかった。

ワイドショーで報じていたところによると、上場企業の役員報酬として億を超えた額をもらっている会社役員は、日本国内で三百人ぐらいはいるそうだ。だから、宮川だけが飛び抜けて高給というわけではないそうだが、響生は裏切られたような気持ちが胸にじわじわと広がっていくのを止められない。

——だって、……いつも、……仕事をするのは金のためじゃない、って…言ってた…社長が。

仕事をするのは自己実現のためであり、いつでも夢を抱き、それをかなえるために邁進《まいしん》するのだと、同じ志《こころざし》を抱いていたはずだ。

——社長も、夢をかなえるための修行中だと言っていたのに。

上場した株での儲けを加えると、宮川の推定年収は昨年度で七億ほどだという。自己実現のために仕事をしている男が、そのような報酬を受け取るものだろうか。

それに対して、『食楽園』で働く社員は生活するのにギリギリの賃金しか受け取っておらず、その生活費すら切り詰めて社長の本を買ったり、仕事で必要なものを自費で賄う必要があると説明されていた。それは、その通りだ。

さらに別の日の番組では、とあるブラック企業の社長が匿名で登場し、社員を上手に飼い慣らすための方法をレクチャーしていた。

まずは徹底的に社訓を叩きこみ、労働条件や賃金に対して不満を漏らす従業員は半人前だと教えこむ。この会社で働けるだけで嬉しいという気配を十分に漂わせた後で、たまに従業員に優しくすることで、彼らの喜びをくすぐる方法が有効なのだと彼は語った。

『うちでは、労働基準法で認められた休暇の取得は、一切認めていません。だけど、たまに、選び出した数人の社員に、食事を奢《おご》る。早めに帰してやる。そんなふうにたまに恩恵を与えてやることで、社員は自分が認められていると思いこみ、私に忠誠を誓うんです。ですが、古株になったとしても、権限は一切与えません。私に逆らう前に、叩きつぶして会社から去らせます』

『ですが、どうやって退職させるんです？　古株になるぐらいだったら、劣悪な労働条件には慣れていますから、なかなか辞めませんよね？』

『仕事の面で、徹底的に無視します。おまえは無能なんだと、しっかりと教えこむ。それでもへこたれない場合は、新人の前で、こっぴどく失敗させて、罵倒《ばとう》します。そして、惨めな仕事をさせる。そうすれば、……普通は辞めていきますよ』

彼が語る職場での様子が、『食楽園』で体験した出来事と重なった。

——『食楽園』を改革しようとしていた幹部が、社長に叱られて会社を辞めていった……。

彼は『食楽園』をもう少し働きやすいところにしようと、頑張っていた。だが、社内改革を切り出した途端、社長に徹底的に無視され、他の役員による罵倒と屈辱の中で退職せざるを得なかった。

いつでも、見えない恐怖が『食楽園』にはあった。

響生は毎日、ワイドショーが始まる時間になると吸いこまれるようにテレビの前に座り、『食楽園』について報じる番組を探して、それを見る。

ブラック企業はまず社員をカルト宗教並みに徹底的に洗脳して、経営者が使いやすい形に変えていくそうだ。そのやりかたなどを見るにつけ、自分も洗脳されていたのではないかと思えるようになってきた。

——『食楽園』は異常だった……。

会社から離れて、ようやくそのことがわかってくる。

響生は『食楽園』以外の会社を知らない。

奨学金で縛られ、大学を卒業してすぐに、『食楽園』に入社した。どうやら、そのように奨学金で縛ってのお礼奉公というのも、違法らしい。

——うちは、違法ばかりだ。

業績を上げるために、身を粉にして働き続けてきた。『食楽園』が大きくなっても従業員は楽になることはなく、逆に賃金も休日も削られた。ボロボロになった人々が、どんどん辞めていった。

ブラック企業というのがどういうものなのか、響生はニュースやワイドショーを離れて、自分で調べ始めるようになっていた。本やさまざまな労働争議を通じて世間の常識や決まりを知るにつれて、響生が考えこむ時間は増えていく。

自分が今まで従業員を鼓舞し続けてきたのは、正しかったのだろうか。

労働は美徳だ。そのことについて、響生の確信は揺らがない。だが、ことあるたびに思い出すのは、過労死した店長の笑顔だ。そして、その死を悲しむ遺族たち。

大切な人を過労死という形で失わせたことについて、ずっと考え続けている。

——生きるために、人は働く。だけど、……働きすぎて、死んでしまったら、元も子もないはずだ。

新たに報じられたニュースによると、あの店長の遺族は従業員を過労死させたということで『食楽園』を告発することに決めたらしい。事件はこれから裁判で争われる。宮川は過労死は認めず、単なる事故だとずっと主張し続けているそうだ。

はっと思い出して、響生は自分のアパートから運んだ段ボールを捜した。その中に、過労死したかもしれない店長の店舗の勤務表と、業務日誌や給与表が入れてあるはずだ。宮川が燃やせと言っていたものを、取り返したものが。

亡くなった店長がどれだけ過酷な勤務にあったのか、響生はこの機会に検証してみることにした。

実際の勤務時間は、勤務表とは異なっていた。実際の残業時間を給与表に反映させないために、形だけ最低限の休暇を取ったように装うなどしてごまかされている部分もあるからだ。

だが、その裏まで響生は熟知していた。

急にアルバイトなどで欠員ができたときには、社員が穴埋めとして勤務しなければならない。それらの突発的な出来事による実際の勤務なども、業務日誌を元に再現していく。

作業に熱中していたために、気づけばだいぶ遅い時間になっていた。

空腹を覚えて、響生は夕食を作ることにする。荒賀は味噌汁しか飲まないと言っていたが、ついでもあって、いつでも多めに作っている。余ったものは、次の食事に回せばいいだけだ。

――ええと、……冷蔵庫にあるもので。

荒賀は昔から、鶏《とり》の唐揚げが大好きだったことを思い出す。ことあるごとに、リクエストされて唐揚げを作った。高校は給食だったが、遠足のときなどに弁当を持っていかなければならず、いつも鍋や焼き肉に誘ってくれるお礼として、響生が二人分作ったこともあった。おそろいの弁当に気づかれて、同級生から冷やかされた。

――あ、あと、卵焼きも作ろうかな。

荒賀が好きなのは、甘めの厚焼き卵だ。

すっかり楽しくなってきて、響生は弁当風に唐揚げと卵焼きとおにぎりを作り、皿一つに盛りつけて荒賀の帰りを待つことにした。

いつものように荒賀の帰宅は遅かったから、また作業に戻ったが、眠くなってダイニングテーブルに突っ伏して眠りこんでいたとき、ふと人の気配に気づいた。

戻ってきた荒賀が、唐揚げをつまんでいる。

「……お帰り」

寝起きのかすれた声を漏らす。

荒賀の家に来て、一週間だ。

ずっと家の中にこもりきりということもあり、響生の中には人恋しさのようなものが生まれていた。荒賀は敵だから顔を合わせずに自分の部屋に引きこもればいいのに、リビングで帰りを待ってしまうのは、そのせいかもしれない。

「温めたほうが……」

いいよ、と言おうとしたが、すでにあらかたの唐揚げは皿から消えていた。

まだボーッとしたまま上体を起こすと、最後の唐揚げを口に押しこみながら、荒賀が言った。

「おまえの唐揚げは、うまいな」

「え？」

「唐揚げはいっぱい食べたけど、どこのものより、おまえのがおいしい」

さらりと言われて、ドキリとする。

それなりに唐揚げには自信はあったが、さんざんおいしい料理を食べ慣れている荒賀に一番だと評価されるほどだとは思えない。

それでもおいしいと言ってくれるとしたら、味以外の要素が加味されているような気がして、その意図を探ってしまいそうになる。

――昔から慣れた味だから……？

だが、響生はことさら無愛想に返していた。

「……大勢に言ってんだろ」

荒賀と再会してから、どんな態度を取っていいのかわからないままだ。

荒賀への怒りを、ずっと抱えこんでいる。最初に犯されたときはもちろんのこと、二度目は完全に騙された。あんなふうにされて、抵抗できない自分も悔しい。荒賀の復讐のためにあえて踏みこんだというのに、こうして身近で接していると、怒りが維持できなくなりそうで怖い。

――もともと、……荒賀には、憧れてたし。

荒賀のほうも、昔から響生を特別扱いしてくれた。響生以外の生徒には無関心で冷ややかだというのに、響生にだけは屈託《くったく》なく笑ったし、よく喋った。

そんな態度は他の同級生の目にもついたらしく、荒賀に直接言いにくいことを何度も持ちかけられた。

『そういうの、荒賀に直接言ってくれないかな』

迷惑がりながらも、響生はどこか嬉しかった。

その相談内容——荒賀がいつもサボっている掃除当番を、一緒にやったこともある。

だが、大人になって再会し、いきなり身体の関係を結ぶことになって、荒賀の気持ちが見えなくなっていた。

好きになって、それからセックスする、という当たり前の恋愛の流れしか、響生にはわからない。

だが、その途中の過程をすっ飛ばしてセックスすることになってから、響生はずっと大きな疑問を抱えこんでいる。

——したからって、……それが何、みたいな？

好きという気持ちが、欠落している。

響生にとっては、誰かと肌を合わせるなんて大事件だ。よっぽど考えた末でなければ、おそらく踏み切ることはできないだろう。

だが、荒賀にとっては大したことではないのだろう。あっさりマンションに入れてくれたが、自分が荒賀の恋人、とは到底思えないままだ。食べ散らかされて、ごちそうさまも言われなかった料理のような、残念さばかりが残っていた。

荒賀は唐揚げを食べたことで食欲を刺激されたのか、そのまま指先で卵焼きをつまみ上げて口に運び、頬張った後でさらにおにぎりに手を伸ばしている。

——食べてくれるのは、嬉しいけど。

自分の気持ちを持てあましたまま深いため息をつくと、それを聞きつけた荒賀がからかうように眉を上げた。

「悩ましげだな。どうした？」

「……何でもない」

「毎日、引きこもってて、退屈か？」

「……ってわけでも。することもあるし」

響生はさりげなく、開きっぱなしだった書類を伏せて隠す。

少しずつ『食楽園』について、検証し直していた。まずは、まともな労働条件とはどんなものなのか知りたくて、労働法の基本から勉強した。過労死認定についても、調べ始めていた。

それでも、宮川に対する忠誠心は、そう簡単に揺らぐものではない。

六年もその中にいることで、『食楽園』に対する愛社精神も確立していたし、職場の皆を裏切ることはできない。仲間同士で結束する気持ちも強かった。

揺れ動く気持ちに困惑してぼんやりしていたとき、立ったままおにぎりを食べ終えた荒賀が、響生の前のテーブルにてのひらをついた。

見上げたとき、こちらを見下ろしてくる荒賀と目が合う。

眼鏡越しの強い視線で響生を射すくめながら、荒賀が甘く囁いてきた。

「いきなり、俺の好物作ってくれたのはどうしてだ？」

尋ねられても、響生にもわからない。

「……俺が食べたかったから。それだけ。たまたま」

料理を作るときには、大抵食べてくれる人の顔を思い浮かべる。それは、幼いときからずっとそうだ。荒賀に味噌汁以外のものを食べてもらいたかったのだが、そんなふうに思ったのはどうしてかなんて、響生が知りたい。

「たまたまかよ」

荒賀は苦笑した後で、そっと屈みこんでくる。その端整な顔が近づきすぎていると思ったときには、唇を塞がれていた。

「……っ」

驚きのあまり、心臓が大きく跳ね上がる。

荒賀の唇の感触がすぐにはわからないほど、鼓動があらんかぎりの勢いで鳴り響いていた。焦ったあげくに唇を開いて呼吸をしそうになり、慌てて閉じる。

そのとき、荒賀の手が響生の腰に伸びた。腰の後ろのくすぐったいところをなぞった後でぐっと上体を抱きすくめられて、ビックリして唇から力が抜ける。すかさず、荒賀の舌が押し入ってきた。

「ッン」

慌てて閉じようとするよりも先に、舌をからめ捕られていた。

——何で？　何で……？

キスを受け止めながらも、響生の頭の中は疑問でいっぱいだった。驚きすぎて動けない。何より荒賀のキスは巧みすぎて、あらがう余裕を与えない。

舌独特のぬるつきを味わわされながら、口腔を淫らに舐め回されていく。動きに合わせて、荒賀の眼鏡のフレームが顔面にこすれる。最初は慣れないキスへの違和感のほうが強かったものの、痺れるような感覚が次から次へと下肢に落ちていく。

キスの甘さに押し流されそうになりながらも、響生はすぐそばにある荒賀の顔に焦点を合わせようとしていた。どんな顔をしているのか、知りたい。どうして自分にこんなことを仕掛けるのか、見定めたい。だが、キスに翻弄されすぎて、まともに目を開くことすらできない。

からんでくる舌が、信じられないほど甘く感じられた。

だけど、こんなキスができるということは、自分以外の誰かにもさんざんこんなことをしてきたに違いない。

そう気づいた途端、響生は大きく震えて、荒賀を押し戻そうとしていた。

だが、あらがうのを許さないとばかりに、逆に強く抱きすくめられる。その強引さに、先日のセックスを思い出した。

「嫌だ……っ」

息継ぎの合間に口走った途端、荒賀の身体から不意に力が抜けた。

唾液の糸を引きながら唇が離され、荒賀が息を乱しながら響生のことをすぐそばからのぞきこんでくるのがわかった。

眼鏡のフレームを押し戻す指がかすかに震えているのに気づいて、響生の身体にじわりと違和感が広がる。荒賀が動揺しているように思えたからだ。

だが、今の何が荒賀を刺激したのかわからない。

荒賀は眼鏡を外し、グラスをハンカチで拭いながら言った。

「嫌じゃないだろ」

すぐに荒賀は、冷静さを取り戻したように思えた。

「だって、……手を出さないって、約束したはず」

唇にまだ甘い余韻が残っていた。響生は唇をきつく噛みしめる。

ここに来るときに、荒賀は手を出さないと約束してくれたはずだ。だからこそ、響生は荒賀のマンションにやってきた。これ以上、約束を破るのは許さない。

だが、響生を見つめる荒賀の視線は野蛮だった。

その気にさえなったら、いくらでも響生の抵抗をねじ伏せて、犯すことができると伝えてくるような物騒な裸眼だ。それほどまでに、荒賀の身体はいまだに暴力的な衝動を孕んでいる。

「そんな約束、――本当に俺が守るなんて思ってはいないだろ？」

確信をこめた口調に、響生の胸がズキリと痛んだ。

確かに、荒賀が絶対に自分に手を出さないと確信していたわけではなかった。それでも、響生はその約束を信じたかった。

約束が軽んじられることで、自分まで軽んじられるような気がする。

頬が強張り、じわりと涙がにじみそうなのを感じながら、響生はどうにか言い返した。

「守らないんだったら、ここから出て……く……っ」

主導権が自分にないことは、わかっている。響生は荒賀の隙を見つけて、このマンションで探し物をしなければならない立場だ。目的を果たさないうちは出て行くわけにはいかないとわかっているのに、それでも荒賀にもののように扱われるのならば我慢できない。

荒賀が苦笑した。

「そしたら、おまえの味噌汁が飲めなくなるな」

言ってから響生から身体を離し、テーブルからも離れる。あっさりと背を向けて部屋から出て行くとき、荒賀は一言残しただけだった。

「お休み」

呆然と、響生はその後ろ姿を見送った。

何がきっかけで、荒賀はこんなゲームを仕掛け、何によって引き下がるのかわからない。今までも自分が上手に対処していれば、切り抜けることができたのだろうか。

ただひどく心を掻き乱されてドキドキと落ち着かず、唇にもキスの余韻が残っている。

ひたすら荒賀のてのひらの上で翻弄されているような気がして、響生はソファにもたれかかりながらため息をつくしかなかった。

「――もう」

顔が真っ赤だ。身体の奥も、疼くように熱い。

なかなか熱が引いてくれない。あんなことを、決して望んでいるはずはないのに。

手が足りないからと言われて、響生が荒賀にマンションから引っ張り出されたのは、それから三日後のことだった。

ただここにいればいい、と荒賀から言われて車で送り届けられたらマンションには、他にもう一人舎弟がいた。ただマンションに居座り続けるだけで仕事になると言われたからには、おそらく『アクト興産』が占有しようとしている物件なのだろう。

ビルの占有は、倒産した企業の建物を占有することで法外な立ち退《の》き料を要求したり、競売前に暴力団関係者がうろつくことで面倒な物件だと思わせて、安価で競り落としたりすときなどに有効だ。最近はあまり聞かないが、それだけでも荒賀がろくでもない商売に関わっているのがわかった。

こんなことに関わらせるなと荒賀に文句を言おうにも、すでに物件に送りこまれた後だ。

身分証は持つなと言われ、財布も携帯もなしで送りこまれたために、荒賀に連絡を取る術《すべ》はない。

しかも、一緒にいるのは、体格のいい本職のヤクザだ。

——どうしろってんだよ……！

泣きそうだった。

『人が来たら起こしてくれればいい』と連日泊まりこんでいるらしい舎弟に言われ、響生は彼のいびきを聞きながらヤキモキする。不正に関わりたくなかったから、ここから逃げ出したくてたまらない。

それでも、仕事として送りこまれた以上、荒賀と話をつけずに無責任にここから遁走《とんそう》することはできなかった。折を見て舎弟から携帯を借り、それで連絡させてもらおうと思いながら、響生は居座り続けるしかない。

交代で見張りを続けながら、何をするでもなくそこで二日ほど過ごした。

舎弟は響生よりも十歳ぐらい年上で、怖そうなことこの上ない。最初は話をするだけでもビクビクものだったが、ようやく警戒が解けてくる。コンビニで調達した弁当を二人で食べながら、どうでもいい話をしていたときだ。

舎弟は響生が荒賀の同級生であり、今は仕事をクビになって、荒賀のマンションに転がりこんでいる、という話に食いついてきた。

ずっと聞きたかったことのように、切り出してくる。

「だったら、……若の恋人って、誰だか知ってます？」

その言葉に、響生はドキッとした。

それは、響生のほうが知りたい。だが、あまり興味を示しているのを悟られないように、響生は慎重に聞き返した。

「荒賀、……そういう人、いるんですか？」

「若はあんなにもいい男だから、モテないってことはありませんね。店行くたびに、おネエちゃんたちに囲まれてて、だけど、これという人がいるようには見えなくて。そろそろ、孫の顔が見たいと、組長がぼやいてるんですが」

「見合いとかさせられたり？　組同士での、政略結婚みたいのってあるんですか？」

響生は興味をそそられて、尋ねる。

荒賀の学生時代の様子からすると、極道にはずいぶんと不自由な縛りがあるらしい。組長である親から押しつけられたら、逆らうことができないということもありそうだった。

「いや。若の性格からして、見合いは無理だって、組長もわかってます。……実は、若がひどく酔っぱらったときに、女からしつこく聞き出されてたことがありましてね。断るためもあってか、好きな相手がいるんだって言ってました。……昔からの知り合いで、そいつ以外は考えられないんだと。その場かぎりの嘘かもしれないとも思いましたが、どこか真実味のある口調だったので、それがずっと引っかかってて」

「え」

響生も驚く。

そんな相手が、荒賀にいたとは知らなかった。

荒賀とは小学校から高校まで一緒だったが、ずっと続いていた相手はいなかったはずだ。荒賀はモテたからたまに女子と噂になっていたが、付き合っては別れ、別れては付き合うの連続だった。

「どんな人って、……具体的に言ってました？」

答えに辿り着くヒントが欲しくて、響生は尋ねてみる。

舎弟は記憶を引っ張り出そうとするかのように、太い首をかしげた。

「ええと、……お節介《せっかい》で、真面目でウザいけど、……そこが可愛いとか」

——お節介で、真面目でウザい……？

それが響生の記憶を揺さぶる。何かそのようなことを、耳にしたような遠い記憶が蘇ってきた。

そのときふと、タバコを取り上げたとき、目をすがめて囁いてきた当時の荒賀の色っぽい表情が蘇った。

『おまえ、お節介で、……ウザいよ。そこが可愛いけど』

――え？　……まさか、俺？

響生は思わず、ぶるりと震えた。

だけど、まさか、自分がそんな対象とは思えない。どこかに間違いがあるのではないかと、響生はさらに突っこんで聞かずにはいられなかった。

「昔からの知り合いで、お節介で真面目でウザいような相手を、……荒賀は好きだと？」

「結婚するんですか、って俺がからかったら、断られるだろうな、って笑ってましたよ。若が断られるなんて普通じゃ考えられないから、お堅い職業か何かなのかと思ってたんですけど。どうかな、誰だかわかります？　何だったら、俺が若のために一肌脱いでも」

響生は混乱しながら、前髪の中に指を差しこむ。

「いや、よくわかんないです、誰なのか。あと、その人について何か聞いてませんか？」

「ええと、料理が上手って言ってましたよ。鍋が絶品だって。難しい顔をして、肉を焼くって」

響生は感電したかのように震えた。

――やっぱり、俺だ……っ！

お節介で、真面目でウザくて、鍋や焼き肉を荒賀と一緒に食べているのは、自分以外には考えられない。舎弟のアパートでの焼き肉パーティに、女子が呼ばれたことはないはずだ。

——それとも、俺が知らない、大学に入ってからの時期……？

必死で、自分でない可能性について考えてみる。それでも、自分かもしれないと一度考えてしまうと、その考えが頭から離れない。

そのとき、携帯が鳴って舎弟はそれに応対し始めた。

一人で残された響生は、空になった弁当容器を袋に戻しながら、さらにぐるぐると混乱していく。

——荒賀が、……俺のこと、好き？　そいつ以外には、考えられない？

そんなことが、現実にあるとは思えない。

女性の追及を避けるために、適当に思い浮かんだことを口にしただけではないだろうか。

……そうに決まってる。

それでも、やけに気になって仕方がない。考える必要はないことだと自分に言い聞かせているのに、心臓が鼓動を打つたびに、胸がズキリと疼く。昔からの荒賀の表情や態度が逐一《ちくいち》思い出されて、胸が締めつけられるような息苦しさを覚えた。

——何だろう、……これ。

荒賀にとって、自分は特別なのかもしれないという自覚はずっとあった。

だが、再会してからはそうではない。肌を合わせるようになったが、絶交してからの荒賀はずっと他人めいた冷ややかさを漂わせている。

チクチクと胸が痛むのを感じていると、携帯を切った舎弟が言ってきた。

「今すぐ、引き上げろってことです。話がついたそうです。片付けして、ここを出ます」

「わかりました」

二人で寝袋やゴミをせっせと片付ける。

舎弟が車で、響生を荒賀のマンションまで送り届けてくれた。これで、響生の仕事は終わりだそうだ。占有物件ではシャワーを浴びることすらできなかったので、久しぶりにゆっくりと湯に浸《つ》かる。

だが、リラックスできず、やたらと荒賀のことばかり考えていた。

――俺のこと、……好き？　荒賀が。そんなこと、あり得る……？

そんな疑問ばかりが、頭の中をぐるぐると回り続けている。直接伝えられるならまだしも、他人の口から伝わったことで、無視できないような真実味が加わっていた。

そもそも騙されて、抱かれたのだ。本気で好きな相手に、そんなことをするだろうか。荒賀のことを許せないはずなのに、近くにいればいるほど、心の中が掻き乱されてならない。

――そろそろ、ケリをつけないと……。

だからこそ、響生はずっと温めていた作戦を、実行に移すことを決めた。

荒賀の私室には留守中ずっと鍵がかけられていて、荒賀が在室のときしか中に入ることはできない。その問題点をクリアするために、響生はインターネットを通じて、強い睡眠薬を入手することに成功した。

これを砕いて食事に混ぜれば、三十分ぐらいで効くそうだ。味も匂いもしないから、相手に気づかれることはない。

荒賀に飲ませる前に、響生は自分の身体で実験していた。十分も経たないうちに眠りに引きこまれて、いつ寝たのかもわからないぐらいだった。

——今日は、これを使って鍋を作ろう。

響生は覚悟を決める。

自分が荒賀に抱《だ》く感情が見定められないままだ。

だが、ここに長くいればいるほどほだされる。荒賀は魅力的だから、怒りを維持することは困難だ。

あらためて、響生はここに来たのは荒賀に復讐するためだと自分に言い聞かせた。荒賀は響生を騙して抱いただけではなく、響生の大切な職場を、金のために奪おうとしている。尊敬する社長や、ずっと一緒に頑張ってきた仲間のためにも、社を危機に陥らせかねない経理の書類を取り戻さなければならない。

響生は風呂から出てから、夕食の鍋の準備を始めた。

荒賀が戻ってくる時間はまちまちだ。だが、食欲をそそられずにはいられないように、荒賀の大好きな鶏のつくねの鍋を作ることに決めた。作っている最中、ずっと胸が痛くてたまらなかった。荒賀に復讐するためにここにやってきたというのに、いざそのときに直面すると臆《おく》してしまいそうになる。

下ごしらえを終えてから、荒賀の携帯にメールを入れた。

『今日は鍋作ったから、できたら早めに帰って来て』

再会してから、荒賀にメールを出すのは初めてだった。

送った後の文面を見返しながら、まるで妻のようだと苦笑する。

鍋を作っていると、昔のことばかり思い出す。鍋奉行をしている響生の取り皿に、荒賀は肉をいっぱい入れてくれた。大好きなエビも入れてくれた。

舎弟もそれを真似《まね》るから、響生の取り皿はいつでも肉とエビまみれだった。

思い出すにつけ、涙がにじんでしまいそうになる。あのころから、自分たちはどれだけ遠くなってしまったのだろう。

――荒賀とは、もう立場が違うんだ。

響生は何度も自分に言い聞かせた。荒賀は敵だ。それを仕掛けたのは、荒賀のほうからだ。

鍋の仕上げは、荒賀が戻ってきてからにしようと思っていたが、午後八時を過ぎたころに玄関のあたりで物音がした。ハッとして出てみると、荒賀が帰宅したところだった。

「早かったね」

思わずそんなことを口走ると、上がりこみながら荒賀が言った。

「鍋作ったって、可愛いメールもらったからな」

「可愛いメールなんて、出してない。事実を伝えただけ」

「そうか？」

荒賀はからかうように笑って、自分の部屋のほうへと向かった。

「着替えてくる」

すれ違いざまに荒賀が残した笑みが、何だか柔らかなものに思えて、響生はこれから荒賀を裏切ることへの罪悪感を覚えてならない。

キッチンに引き返して鍋を火にかけながらも、また舎弟から聞いた言葉を思い出していた。

――お節介で、真面目でウザいけど、鍋が絶品。難しい顔をして、肉を焼く……。

自分が作った鍋を絶品だと荒賀は思ってくれたのだろうか。自分は肉を焼くときに、そんなに難しい顔をしているのだろうか。

――自覚ない……。けど、何度もそんなふうに、からかわれた……。

やはり、荒賀が好きだというのは自分なのか、それとも、単に女の追及を適当にごまかしたに過ぎないのか見定められない。それでも、すでに決断はしていた。

鍋がぐつぐつといい感じに煮えたので、響生はそれをダイニングテーブルに移動させた。いいタイミングで、部屋着に着替えた荒賀が戻ってくる。

荒賀の前で、響生は陶器の鍋の蓋《ふた》を取った。

「うまそ……っ。つくねの鍋だ」

荒賀は一目で、これが自分の好物だとわかったらしい。

荒賀がビールを冷蔵庫から出している間に、響生は準備しておいた睡眠薬を荒賀の取り皿に注いだ。事前に細かく砕いて、水に溶かしてある。その上に鍋の具をよそえば、気づかれることもないはずだ。

緊張と罪悪感のあまり、手が震えるのを感じながらも、自分の分も続けて取り分けて前に置く。

戻ってきた荒賀は、響生の分もグラスを準備していた。響生はあまりアルコールは強くなかったから、一杯だけもらうことにして二人で乾杯する。

「乾杯……っ！　仕事ご苦労だったな」

言われて、それがビルの占有のことだと気づいた。

説明もなしに自分を不正な仕事に関わらせたことを思い出し、響生は抗議せずにはいられなかった。

「真っ当な商売しろ」

荒賀は軽く眉を上げて、さらりと言い返した。

「してるよ」

「真っ当な商売してるヤツが、占有なんてするか」

「あれはもともとのビルの所有者が、別のヤクザに占有されないために、うちに保護を求めてきたからだ」

「え？」

「真っ当だろ？　うちは基本的に、あんま泥臭いことはしない」

そんなふうに言われても、響生には荒賀の言葉が正しいのか判断することはできない。占有しているとばかり思いこんでいたから、そうじゃないパターンがあるなんて思わなかった。

舎弟からこの仕事について聞き出そうとしても、のらりくらりとかわされてきた。荒賀と連絡が取れたら、まずそのことについて問いただそうと思っていたのだ。

舎弟から聞いた『荒賀が好きな人』の件についても、本人に尋ねたくてうずうずする。本当に、あんなことを言ったのだろうか。どこまで本気なのだろうか。だが、どんなふうに切り出せばいいのかわからない。聞きたいという思いばかりが喉につかえて、息が詰まりそうだった。

そんな響生の前で、荒賀がおいしそうに鍋のつくねを頬張っていた。

普段は理知的な表情が多いのに、好物を食べるときだけは無邪気な笑顔を浮かべる。荒賀のこんな

顔を知っているのは、そう多くはいないはずだと思うと、ずるずると今の時間を引き延ばしたくなる。

だが、響生はすでに決定的な一歩を踏み出していた。

「……久しぶりだな、この味」

「おいしい？」

口が奢った今でも、そう思ってくれるだろうか。

荒賀はおかわりを自分でよそいながら、うなずいた。

「ああ、絶品だな。他のヤツに頼んでも、不思議とこの味と一緒にならない。何混ぜてんだ？」

「大したものは混ぜてない。おからと、ショウガと卵」

「へ……」

きっと、こんなふうに貧乏臭い具を、荒賀の知り合いは混ぜないのだろう。そう思うと、響生は複雑な気持ちになる。

だが、他の誰かに作ってもらうほど、これを食べたかったのだろうか。頼んだ相手というのは、女なのか。

——その気になれば、荒賀にはいくらでも女がいる……。

胸がズキンズキンと痛むのを感じながら、響生は黙って食べ進めた。だが、罪悪感のあまり何を食べても砂を噛んでいるようにしか感じられず、おいしくできたのかどうかわからない。あの睡眠薬は本当に効くのかと、荒賀の反応ばかりをうかがってしまう。まともに会話すらできなかった。

食事が進み、鍋がだいぶ空いてくる。

雑炊《ぞうすい》にするかどうか尋ねようとした響生は、ふと荒賀が大あくびをしているのに気づいた。こみ上げてくる眠気に耐えかねたように荒賀は何度もあくびを繰り返し、にじんだ涙を眼鏡をずらして指先で拭っている。

――効いてきたんだ、睡眠薬が。

そう気づいた響生は、胃が痛くなるような感覚とともに、何気なさを装って尋ねてみた。

「眠い……？」

「ああ。……妙だな。急に、酒が回った」

目をこすり、荒賀は起きていられないようにまた大あくびをした。それから、崩れるようにテーブルに突っ伏す。その姿のまま、動かなくなる。

響生はしばらく硬直してから、荒賀の寝息を確認してそろそろと席を立った。荒賀の肩に、軽く触れてみる。

「荒賀？　寝ちゃったの？」

応答はないままだ。

響生は決意してきつく歯を食い縛り、ダイニングから出て荒賀の部屋に向かった。さすがにこのタイミングで私室に鍵はかけていないだろう。

施錠されていないドアを押して、中に入った。そこは机のある、書斎のような部屋だった。

――ここに入るのは、初めてだ……。

その奥に、寝室があるようだ。まずは書斎のほうで金庫を探そうとしたが、目につくところにそれらしきものはない。

クロゼットを開き、手当たり次第に探してみることにした。

しばらくして、壁の一部が埋めこみ式の耐火金庫になっているのに気づく。鍵がないと開かないことがわかって、響生は壁にかけられた荒賀のスーツを探ってみる。キーホルダーがあり、金庫の鍵らしきものがつけてあった。

試してみると鍵はぴたりと合ったが、四桁の番号も必要だった。まずは、荒賀の誕生日を入れてみたがそれでは開かなかったので、今度は自分の誕生日を入れてみた。それで開くとは思っていなかったのに、反応があった。

——え？　まさか？

そのことに狼狽しながらも、響生は金庫の扉を開けて中を探った。

いくつかの通帳や他の書類に混じって、『食楽園』の封筒を発見した。反対側にひっくり返すと、封のところに代表印とそれぞれのサインらしきものが記されていた。宮川のサインと、封をした日付が記されている。

——これか……！

どうにか目指すものに辿り着いたのに気づいて、響生は落ち着こうと深呼吸した。それから金庫を閉じ、キーホルダーを元の場所に戻す。書斎を出ようとドアに向き直ったとき、そこを塞ぐように荒賀が立ちはだかっているのに気づいて、心臓が止まりそうになった。

「……っ！」

荒賀は泥酔しているときのように両手をドアの枠に引っかけ、ぐらつく身体を支えていた。目の焦点を合わせることすら億劫なようだ。

「……っ、何で……」

荒賀は突っぱる腕に、ぐっと力をこめた。

「何でって、おまえの行動は、全てお見通しだ。睡眠薬を入手したことも知ってる。それを、今、俺のメシに混ぜたんだろ。この異様な眠気は、そうとしか思えない」

荒賀は睡眠薬のためなのか、少しろれつが回っていなかった。だが、目だけがその眠気をはね除《の》けようとするように爛々《らんらん》と輝いている。

――睡眠薬のことを気づいてた……？

泳がされていたことに気づいて、響生の表情は強張った。

動くこともできないでいると、荒賀が軽く顎をしゃくった。

「開けてみろよ、それ」

響生が入手した『食楽園』の封筒のことを言っているらしい。だが、響生は少しためらった後に首を振った。

「このまま、持ってくるように言われてる」

「それが何なのか、おまえは知ってるのか？　知らないで、運ぶつもりなのか」

喋りながらも、荒賀の身体がぐらぐらと揺れる。少しでも気を緩めたら、眠ってしまうほどの状態にあるのだろう。だが、荒賀は響生から視線を離さない。その張りつめた気配が、響生にも伝わってくる。

　ごまかせないのを察知して、響生は言った。

「不正経理の証拠だって」

「不正経理？　あいつ、そんな嘘ついてんのかよ」

　あざ笑うように言われて、カチンとくる。

　――嘘をついているのはそっちのほうだろ……！

　響生は負けじと言い返した。

「本社ビルの土地は、荒賀組がからんだ不動産だって聞いた……！　うちのほうも立場がマズくなる書類かもしれないけど、そっちだって一蓮托生《いちれんたくしょう》だからな……！」

　おそらく荒賀は準備周到だから、その不動産会社は自分たちとは無関係という形を装っているかもしれない。だが、そのあたりは宮川が警察と連携してうまくやってくれるだろう。

　だが、荒賀はこの上なく冷ややかな顔をした。

「……何が不正経理だ。おまえンところのバイト、死なせておいて」

「えっ？」

　――死なす？

　初耳だった。まさか、他にも過労死事件が起きていたのかと、響生は焦る。

　荒賀は腕の位置を変えて、声に力をこめた。

「開けよ。宮川がどんな事件を起こしたのか、おまえは知っておく必要がある。前に、俺がおまえのところの本社ビルに、呼び出されて行ったのは、覚えてんだろ。そのときに、ヤバい事件の尻ぬぐいを頼まれた。その証拠が、その書類だ。開けてみろ。真実を知っておけ」

そこまで言われては知らないでいられるはずはなく、響生は封筒を慎重に開いた。

そこには、一枚の紙が入っていた。

『覚え書き　甲こと宮川拓也《たくや》は、乙こと荒賀侑真に、当チェーン店アルバイト、岸本海《きしもとかい》の死体処理に関しての一切を依頼したことを、ここに記す。本書状を二通作成し、甲乙署名捺印《なついん》の上、各々一通を所持する』

その下に日付と、甲乙それぞれの署名と捺印があった。

想像していたのとはまるで違う文面に、響生は息を呑む。

――何だ、これは……！　当チェーン店アルバイトの、死体処理に対しての一切を依頼……？

どういうことなのだろうか。

過労死どころの話ではなく、明らかに殺人と犯罪の臭いがする。驚きのあまり、覚え書きを持つ指先まで冷たくなっていくのを感じながら、響生は荒賀に嚙みついた。

「これって、……どういう……っ」

「その文面の通りだ。俺はあいつから、死体処理についての相談を受けた。それを引き受けることになったが、何かあったときのために、うちだけが泥を被らないように、この覚え書きを交わした」

聞いているだけで、ますます恐怖がつのる。殺人事件について、こんなにも身近に感じられたことはなかった。

「死体処理って、……何があった……」

「おまえンとこで、バイトが一人行方不明になったのを知らないか？」

言われて、響生は記憶を探った。アルバイトがいきなり仕事を辞めて、音信不通になるのはよくあることだ。考えてみれば、荒賀と再会したころにも一件、あったような気がする。

「……そういえば」

「店で日常的に使っていた、ネズミ駆除用の毒餌を、新しいものに変えたって話は？」

「ああ。……それは、知ってる。それもちょうど、あのころだ。ネズミ取りの餌を新しいものに変えるから、今までの餌は、使い切らなくても提出するようにって」

エリアマネージャーがそれを神経質に回収していたのが、記憶に残っていた。だが、それが死体処理とどう関係するのだろうか。

嫌な予感にぞわぞわと鳥肌が立つ。世界が今までとは違って感じられた。呼吸が浅くしかできない。これは今までの不祥事とは、根本的に違う。『食楽園』の存在自体を揺るがすものだ。そんな思いが生まれる。

荒賀は響生を見据えて、指先で眼鏡のブリッジを押し上げた。

「飲食店にとって、ネズミ駆除は大問題らしいな。ネズミ用の毒餌は薬事法で規制されているが、『食楽園』ではネズミ駆除のために、日本で禁じられた毒性の強いものを使っていた。一般的に手に入る毒餌に、さらに毒性の強いパウダーをまぶして使うものだったらしい。アルバイトの一人が店長に言われて、閉店後の店内にその毒餌を撒《ま》いたとき、使い方を誤って大量にそれを吸いこんで、中毒死したらしい。翌日、店長が冷たくなった死体を見つけて、真っ青になったそうだ。その知らせが届いたとき、宮川はその死を隠蔽するよう指示した。このことが明らかになったら、社は大変なことになる。莫大な資金を上場に合わせて調達していたこともあって、倒産すら考えられる。——そんな微妙な時期だった」

「そん……な……」

響生は震える。

そんな事件が起きたなんて知らなかったし、その死を社長が隠せと指示したなんて認めたくなかった。

確かに、荒賀と再会したのは上場直後の、社内が一番がたついていた時期だ。自社ビルを建てて上場もし、これからが正念場だと、社長から毎日檄《げき》を飛ばされていた。

——信じたくない……。

だが、覚え書きが響生に現実を突きつける。これは、本物なのだろうか。

それでも響生は、宮川を信じたかった。この覚え書きが、荒賀によって作られた偽物だという可能性も残っている。何せ何度も、荒賀に騙されてきた。ここに金庫があると教えられたことや、暗証番号が自分の誕生日だったというのもこの上なく怪しい。

荒賀は目的のためなら何でもする男だ。自分の目と耳で、真実を見定めなければならない。宮川に、直接確かめたかった。

「これでも、まだあいつを信じるのか？」

荒賀の声が、響生をハッと現実に引き戻した。

響生は荒賀をにらみつけ、きつく拳を握りしめた。

「おまえのことは……信じない。俺は、これはおまえが作成した偽物だと……今は思ってる」

これを宮川に突きつけて、どんな反応を見せるのか知りたい。それまでは、荒賀の言葉に惑わされない。

響生の言葉に、荒賀は皮肉気に唇を歪めた。

「だったら、帰んな。本物かどうか、社長に聞いてみろ」

その言葉に、響生はうなずいた。言われなくても、そうするつもりだった。

だが、荒賀とすれ違うときに言われた。

「……行くところがなくなったら、いつでも帰ってこい。おまえの荷物は、ここにあるから」

その言葉に、ジンと胸が痛む。

どうしてこんなときにだけ、荒賀は優しい言葉をかけるのだろうか。

玄関のところで廊下を振り返ると、荒賀が響生をずっと見守っているのに気づいた。


響生の手元に、『食楽園』の封筒はいくつもあった。

破った封筒の代わりにそこに覚え書きを入れて封印し直し、それらしき上書きもしていろいろ細工をした後で、響生は地下鉄で本社ビルに向かう。その間も、心はひどく揺れていた。

——こんなもの、荒賀がでっち上げたに決まってる……！

そうだと信じたい。

だけど、これは本物だと心のどこかで確信している部分もあった。

時刻はすでに午後十時を回っている。宮川のことだから、まだ仕事をしているだろう。だが、本社ビルにいるかどうかはわからない。

響生は所在を確認するために、緊張しながら宮川の携帯に電話をかけた。

車で外回りをしているという宮川は、『例のもの』を入手できたと告げると満足気に笑った。

『そうか。……だったら、これからどこかで落ち合おう。そうだな、ああ、今、辰巳《たつみ》工場が近い。おまえは、何時ぐらいにつける？　そうか。じゃあ、すぐにそこで』

響生は携帯を切ってから、辰巳への交通ルートを携帯で検索した。一度乗り換えをすれば、さして時間もかからずに到着できそうだった。

辰巳工場というのは、『食楽園』の食材加工工場だったところだ。

半年ほど前に老朽化のために閉鎖され、今は新しくて規模の大きい東大和《ひがしやまと》市の工場が稼働している。辰巳工場は取り壊した後で、跡地を売却されることになっていた。

——にしても、辰巳工場か。

こんな遅い時間に、あのようなだだっ広い無人の工場に行くなんて、考えただけでも不安になる。

宮川がそんなところで落ち合おうなどと言い出すのは、響生が入手したものが後ろ暗いものだから、だとも思えてくる。

辰巳の駅を下りて工場に向かうにつれて、周囲は閑散としてきた。

工場は闇に沈んでおり、閉ざされた門に近づいてみると、通用門が開いている。社長の車がないかどうか捜しながら歩いていると、駐車場の向こうにある運営棟《とう》の正面の扉が開いていて、入ってすぐのロビーに灯りが見えた。

——あ。あそこか。

ホッとした気分で、響生はそこに早足で向かう。

工場はそこ以外は灯りもついておらず、廃墟《はいきょ》そのものに見えた。

——もうじき、全部取り壊すって聞いたけど……。

相次ぐ不祥事の発覚で、取り壊しどころではなかったのかもしれない。

響生は運営棟のドアを押し開けて、ロビーに向かった。そこのソファに宮川がいるのを見つけて、声をかける。

「遅くなりました」

二週間ぶりに見た宮川は、人形のように見えた。どこか作り物めいた凹凸の少ない顔が闇に浮かび上がっているように見えて、ゾッとする。昔から宮川の顔に違和感を覚えることが多かったのだが、それは彼が常に浮かべている作り笑いのせいだと不意に気づいた。

「ああ。なかなかおまえから連絡がなかったので、ヤキモキした。こんなものはすぐに、手に入れられると思ってたのに」

宮川はそう言って、響生に手を差し出す。封筒を渡せという意味だろう。響生が封筒を手渡すと、宮川は無造作にそれを開封して、その中の文書を一瞥した。

荒賀に渡された『覚え書き』が、宮川が響生に取り返せと指示した『覚え書き』と違っていたなら、その時点で気づかなければおかしい。だが、宮川は何も言わず、そのまま封筒に紙を戻した。それを確認して、響生は問いたださずにはいられなかった。

「それは、……何の文書ですか？」

宮川はソファに腰掛けたまま、少し不機嫌そうに響生を見た。

「前に、言っただろ。不正経理の証拠だと」

その答えに、響生は身じろぐ。宮川は嘘をついている。今の文書には、死体処理とハッキリと書かれていたはずだ。

顔色を変えた響生に、宮川が言った。

「見たのか？」

ドキッと、心臓が跳ね上がる。不正を追及すべきだが、今がそのタイミングなのかわからない。どんな言葉で宮川に尋ねたら、真実を語ってくれるのだろうか。

何せ相手は、入社前から敬愛していた社長だ。なかなか切り出せずにいると、宮川はソファから立ち上がった。このまま工場から出て行くのだとばかり思っていたが、懐中電灯を手に、響生をうながした。

「ついてきて」

ロビーの奥にある廊下のほうに、向かうらしい。響生はわけもわからず、それに従うしかなかった。無人のロビーに、靴音だけが響く。宮川は真っ暗なせいで、やたらと長く感じられる廊下を端まで歩き、その突き当たりにあった地下への階段を下りていく。懐中電灯のない響生は、その背にすがるようについていくしかなかった。暗闇は苦手だ。怯えているためか、どこかからドアが軋むような音や、自分たちを追ってくる足音が聞こえてくるような気がして、そのたびに縮み上がる。

地下まで下りると、廊下にはかすかに水がたまっていた。

ぴたぴたと足音を立てながらしばらく歩いた後で、宮川が不意に立ち止まる。廊下の突き出たところにあった小型のボイラーを確認してからその鉄の扉を開き、持参していた封筒にライターで火をつける。完全に火がついたのを確認してから、それを中に放りこんだ。

「あっ」

響生は叫んだ。大切な証拠を、燃やすつもりなのだろうか。

だが、宮川の身体が邪魔をして、封筒を取り戻すことはできなかった。

「下がりなさい」

宮川はそう言うとボイラーの扉を閉じて、響生に手を出させないようにその前に立ちはだかった。

地下に来たのは証拠を完璧に隠滅《いんめつ》するためだと、響生はハッキリと悟る。自分にあの書類を荒賀の手元から取り戻させたのも、こうして証拠を隠蔽するためだ。二通あった覚え書きのそれぞれを宮川と荒賀が所持しており、宮川はとっくに自分の分の一通を処分しているに違いない。

さすがにこの現場に立ち合ったことで、今日という今日は目が覚めた。

響生は全身の痺れとともに、宮川を見上げる。

あの書類は、本物だ。宮川はアルバイトの死体処理のことを荒賀に頼んだ犯罪者だ。アルバイトの死よりも社を存続することしか考えておらず、従業員にお為ごかしの社訓を押しつけて過酷な労働をさせている。自分の利益しか考えていない。

そう思うと、全身が怒りと悲しみでいっぱいになった。今までの自分が否定される衝撃に指先が小刻みに震えるのを感じながら、響生は押し殺した声で告げた。

「……中身、見ました」

「ん？」

向き直った宮川に、響生は興奮のあまり、上擦る声でなおも叩きつけた。

「本物だったんですね。アルバイトの死体処理を依頼したというのは」

「いや。そうじゃない。これは偽物だ。こんなものではなく、不正経理の書類がどこかにあるはずで……」

この期《ご》に及んでごまかそうとする宮川に腹が立って、響生は頭ごなしに怒鳴りつけた。

「偽物だったら、燃やす必要ないでしょう……！」

中身にちゃんと、宮川が目を通したのをこの目で見ている。こんなところで焼却するなんて、証拠を完全に隠滅するためとしか思えない。だが、宮川はボイラーの扉を開き、燃え落ちた封筒の残骸《ざんがい》を近くにあったショベルを使って完全につき崩しながら、なおも言い訳を重ねる。

「くだらないものだから、燃やした」

「だったら、俺が入手したものが正しいのかどうか、警察に判断していただきます。さきほどお見せしたのは、コピーです。原本《げんぽん》は、俺が持ってますから……！」

カラーコピーではすぐに気づかれるかもしれないと思っていたが、宮川はチラリとしか見なかったから気づかなかったようだ。興奮した響生はそう言い捨てるなり、きびすを返す。

このまま警察に向かおうと思った。何もかもぶちまける。荒賀も罪に連座することになるかもしれないが、不正は不正だ。全て法に裁いてもらうしかない。全身が、熱い炎に包まれているようだった。

帰り道の廊下は真っ暗だったが、それでも何かに突き動かされているようだった。今ならこの空間を戻れるはずだ。だが、数歩歩いたとき、響生は足もとを何かに引っかけられて転んだ。

予想もしていなかっただけに受け身も取れず、したたかに床に胸を打ちつけて動きが完全に止まった。

「っぐ！」

痛みのために動けない。廊下にたまっていた水が、じわじわと服に染みこんでいく。

——何？

うめきながら、足を何に引っかけたのか確認しようと顔をねじったとき、懐中電灯の丸い光を灯した宮川がすぐそばに立っているのに気づいた。ぴちゃ、っと、耳のすぐ横で、靴が立てる水音が響く。

宮川の冷ややかな声が降ってきた。

「残念だな。おまえのことは、気に入っていたのに」

——え？

その言葉の直後、響生は何かが宙を切る音を聞いた。何かが自分に襲いかかるような気配を察して反射的に身体を横にひねったとき、寸前まで響生の頭があった場所に、ショベルが振り下ろされる。

そのことに仰天《ぎょうてん》して、響生は起き上がろうとした。

見上げた視界の中で、宮川が自分に向けて再度ショベルを振り上げたのが見えた。

——何…で……っ！

殺される恐怖に慌てて逃げようとしたが、焦りのあまりすくみ上がって立ち上がることもできない。ショベルが自分めがけて振り下ろされる瞬間を、ただ目を見開いて待つばかりだった。そのとき、響生の前に誰かが姿を現した。

振り下ろされたショベルをその男が腕で防ぎ、もぎ取って宮川に反撃する。

「うわっ！　おまえ、何だ……っ！」

二人がもみ合う様子を、響生は呆然としながら見守るしかなかった。新たな人物の登場に、頭が働かない。こんなところに、人がいるとは思わなかった。この男は何だろうか。

——幽霊？　それとも、ここに勝手に住み着いてた人？

響生はガクガク震えながら、どうにか立ち上がった。

「あ、あ、……あの……っ！」

「大丈夫か？」

響生に投げかけられたのは、紛《まぎ》れもなく荒賀の声だ。

——え？　荒賀？　何で何で何で……？

余計に混乱した。こんなところに誰かが現れただけでも驚きだったが、それが荒賀だったなんて思わなかった。荒賀はすぐにでもぶっ倒れそうな睡眠薬を飲んでいたはずだ。

荒賀のマンションから出たときから、自分は後をつけられていたのだろうか。

荒賀は暗闇の中で、宮川を地面に押さえつけたらしい。宮川がなおも往生際悪く騒ぎ立てる声が聞こえてきた。

「何をしてるんだ……！　井樋、手を貸せ！」

だが、響生は宮川を助ける気にはなれなかった。何せ、宮川にショベルで頭をかち割られそうになった直後だ。

響生は床に転がっていた懐中電灯を拾って、二人を照らす。

その丸い光の中で、荒賀が宮川を動けないようにうつ伏せにして腕をねじ上げているのが見えた。

荒賀が猫撫で声で囁く。

「一緒に、サツに行こうか」

「そんなことをしたら、きさまもただじゃ……っ」

「すまないって言いたいのか？　残念だったな。俺は死体処理に関わってはいない。おまえに仮処理場所だと言って運ばせた山の奥に、そのまま置いてある。先日、通報してやったから、発見されてそろそろ身元が割れたころだろうな」

「きさま……っ！　何も……しなかったのか……っ！」

「ああ。指一本触れていない。うちの組のヤツもな」

「き、……っきっさまぁああ……！」

なおも騒ぎ立てる宮川を、荒賀がやってきた舎弟に引き渡した。

その声が少しずつ小さくなっていくのを聞きながら、荒賀が響生の手から懐中電灯を受け取って、響生のほうを照らした。

「大丈夫か？　怪我《けが》は」

「ない、大丈夫」

その光の眩しさに、響生は腕で庇《ひさし》を作る。

服が床の水たまりで濡れて汚れてしまったが、怪我というほどのものはない。

「それより、荒賀のほうは……」

「俺は大丈夫。ただ、やったらめったら眠いだけだ」

まだ響生が飲ませた睡眠薬が効いているのか、荒賀は大あくびをする。気力で持っているようなものだろう。目をすがめ、肩をすくめて眠気を振り払おうとする荒賀の動きは、いつもより荒っぽくて男っぽい。

荒賀に足もとを照らしてもらって出口へと向かいながら、響生は声を押し出した。

「……おまえ、……最初っから、……こうするつもりだったの？」

「こうするつもりって？」

「うちを潰して、乗っ取るつもりだった？　うちの株を、買いあさってるんだろ」

死体処理の件を、あらかじめあんなふうにごまかしていたなんて知らなかった。処理もしないのにあのような覚え書きを交わしたのは、後々宮川を脅して好きなように操るつもりだったのだろうか。

死体の身元が割れ、解剖などで死因がわかったら『食楽園』のほうまで捜査の手が伸びて、死の真相が明らかになるはずだ。マスコミにアルバイトの中毒死の件が漏れたらまた大騒ぎになるだろうし、事件の隠蔽に関わったものの刑事責任も追及される。少なくとも宮川が『食楽園』の代表取締役でいられないことは明らかだ。

荒賀は眠いのか、大きく肩を揺らした。

「この不祥事を利用して、『食楽園』で大儲けをするつもりではいる。だが、最初に宮川からのろくでもない依頼を受けるつもりになったのは、欲しいものがあったからだ」

荒賀の声は、ガランとした廊下の壁に反響した。

宮川たちはだいぶ先に行ってしまったらしくて、もう光も気配も感じられない。

「……欲しいものって？」

荒賀と話をここでつけておきたくて、響生は足を止める。

荒賀は懐中電灯で床を照らしながら数歩歩いてから、立ち止まって響生のほうを振り返った。

「わかんないか？　そのころ、俺が手に入れたもの。宮川が俺に差し出したもの」

荒賀が死体の処理を頼まれたのは、響生と再会したころと同時期だ。そのころに何があったのか考えてみて、響生は首をひねった。すぐには思い当たるものはない。だが、不意に気づいて息を呑んだ。

——まさか……。

宮川の命令で響生が荒賀のいる『アクト興産』に書類を届けたとき、荒賀の言うことには何でも従うように、と事前に言い含められていた。

「まさか、……あれ……？」

呆然として尋ねると、荒賀がうなずいた。

「そのまさかだ。俺も、自分がそこまでがっつくとは思っていなかったが、おまえと再会して我慢できなくなった。その直後に、宮川からのろくでもない話を受けると連絡した」

あのときの性行為が、荒賀に死体処理を頼むための礼だったなんて思っていなかった。自分がこの件に思いがけない形で巻きこまれていたことを、響生は認識する。

「何で、……そんなこと……」

その問いかけに、荒賀は苦笑の形に口元を歪めた。したたかな笑みで、本心を押し隠すのが常態の荒賀にしては、いつになく正直に感情を吐露《とろ》しているように思えた。それも、きっと眠くてたまらないからだ。いつもほどの余裕はないに違いない。

「あのときは、俺も泥を被らなければいけないかも、と覚悟していた。……すぐに切り抜ける術は思いついたものの、それほどの代償を払ってまで、手に入れたいものがあった」

「だけど、……その後も、……おまえは自ら、『食楽園』に関わってきた」

「それは、誰かさんの目を覚まさせたかったからだよ。どこでどのように働こうが、他人のことだ、放っておくつもりだった。おまえとは絶交してるし。……だけど、……何か苛《いら》ついた。あんな男の元で、おまえが働いていることが許せなかった。しかも、その努力がほとんど報《むく》われないことが」

「とんだお節介だな」

何が何だかわからないまま、響生は思わずそんなふうに口走る。荒賀はクールな性格で、他人のことにこんなふうに介入するタイプではなかったはずだ。なのに、ここまで関わったのは、よっぽど響生の働き方が目に余ったのだろうか。

――それとも、……俺だから？

鼓動が、また一つ乱れる。

荒賀は言い返すことなく、苦笑した。その表情が、いつになくしおらしい。

「……かもな。……おまえの思いや、一生懸命な気持ちや何やかやが、全てあいつに向けられているのが我慢できなかった。かといって、おまえに直接言っても、頑固《がんこ》なバカだから、余計に意固地になるだけだ。だったら、あんな形で会社を泥にまみれさせて倒産させたら、さすがに目が覚めるだろう。俺にとっても、得になる」

「だからって、……やり過ぎだろ」

「やり過ぎるのが、俺の悪い癖だ。何でもできるからこそ、加減できない。知ってんだろ？」

荒賀が腕を伸ばして、響生の頭をわしづかんだ。引き寄せられてから両手で体重をかけるように抱きしめられ、ひたすら張りつめていた気持ちが緩む。

――荒賀が、そんなこと……？

じわりと涙がにじんだ。絶交したことで、距離を置かれているとばかり思っていた。なのに、全ては自分のためだったのだろうか。自分はまだ荒賀の『特別』な何かなのだろうか。

荒賀に触れられて、服越しに伝わってくる体温を感じていると、そんな区別などどうでもいいような気がしてくる。荒賀に溺《おぼ》れて、心が冷静に保てなくなる。全てを響生のためにしでかしたとでも言わんばかりの荒賀にずぶずぶに甘えたくなって、響生は涙声になりそうな声を張った。

「……とかいって、……本当は、金儲けのためなんだろ？」

「金儲けは二の次だ。とにかく、おまえをあいつから引き離したかった。……何人殺しても、良心の呵責などまるで覚えていないようなあの偽善者のそばに、置いておきたくなかった。守りたかったんだ、おまえを」

そんな声を聞いていると、荒賀の何もかもを許したくなる。こんな嘘に騙されてはいけないのに、それでも騙されてもいいと思う自分がいた。

もはやずぶずぶに溺れてしまいそうになりながらも、涙声で言い返す。

「嘘だ」

「……嘘じゃ……ない。何を、……どう言ったら、おまえは俺を信じる気になる？」

眠気で身体をまっすぐに保てないのか、溺れる者がしがみつくように後頭部に大きな手を回されて、響生は息を呑んだ。

その腕の間から顔を上げると、いつになく困惑した表情の荒賀がいた。

その表情が瞼《まぶた》に灼きつく。

そんなふうに言ってくれただけで、何もかも信じてもいいような気持ちにもなる。それでも、引っかかってならない。

「だっておまえは、……ヤクザは悪いことをするのが仕事だって……」

荒賀は確かにそう言ったことがある。だからこそ、響生はヤクザになるのを止めた。だけど、聞き入れてはもらえなかった。

響生の言葉に、荒賀はごふっと噴き出す。

「おまえ、まだ、覚えてんのか？　小学生のときのことだろ？」

「覚えてるよ……」

ヤクザがつかまったというニュースが流れたときのことだ。荒賀もいつかつかまってしまうのかと響生が心配したら、荒賀は胸を張って答えたのだ。

『――仕方ないよ。ヤクザは、悪いことするのが仕事だから』

その言葉と、現在の荒賀の言葉が重なる。

「今は、悪いことしてたら仕事にならない。時代が変わったんだ」

響生を抱きすくめたまま、荒賀は答えた。

「本当に？」

響生は慎重に尋ねた。これさえ嘘だったら、響生の心は潰れてしまう。

荒賀は吐息がかかりそうなほど顔を近づけたまま、言った。

「ああ。本当だ。それに、おまえを騙したのも悪かった。おまえがあまりにも、……そそるもんだから。……自分の欲望を、……抑えきれなかった」

「そそる？　俺が？」

「欲しいものはモノにするのが、俺の流儀だ。だけど、……おまえに関してだけは、いつでも調子が狂う。昔から手を出したいのに、出せずにいた。おまえに嫌われたくなかった。だけど、俺は親の跡を継ぐしかなかったから、高校の卒業式の日におまえに絶交された。だからこそ、……もう何でもしていいと自棄《やけ》になった。それでも、不思議とおまえには嫌われたくないのな。一度抱けば憑きものが落ちたようになると思っていたのに、ますますおまえにのめりこむばかりだ。そんな、不自由すぎる心の動きも、俺にとっては新鮮だった。俺がどれだけ、おまえを襲わないように自制してたか、わかってるか」

そう言われても、響生にはピンとこない。考えてみて、キスしただけで諦めた日もあったと気づいた。

気まぐれに荒賀に振り回され続けたとばかり思っていたが、そうではなかったのだろうか。

「もう、嘘つかない？」

荒賀に一気に傾斜していく気持ちがある。荒賀にずっと惹《ひ》かれてきた。こんなふうになったからには、いっそ一気に距離を縮めてしまいたい。荒賀のものになりたい。もはや、自分と荒賀の区別がつかないほどに。

「ああ。おまえには、嘘つかない。俺にとっての忠義をつくす」

――忠義を……？

それがどれだけ特別なことなのか、響生にはまだわからない。だが、じわじわと嬉しい気持ちがふくれ上がっていく。

響生は緊張にかすれた声で尋ねてみた。

「俺のこと、……どう思ってんの？」

『特別』なのはわかっている。絶交は取り消す形になるが、元の『友人』に戻れるのだろうか。それとも、それ以外の大勢の中の一人でしかないのか。

『友人』である特権を取り戻したくて、聞いたつもりだった。

荒賀が優しく指先を伸ばし、響生の耳朶《じだ》を撫でた。

「わかんないのか？」

その声の響きが、総毛立つほど柔らかい。

「……わから……ない……」

『友人』だと答えて欲しい。荒賀にとって、特別な存在だと。

そのとき、荒賀の手が響生の耳から顎に移動し、顔を上げさせられた。すぐそばから泣き顔をのぞきこまれ、その近さに狼狽して目を閉じた途端、唇に柔らかい感触が与えられた。

ゾクッと震えが広がる。その感覚の強さに耐えきれず、響生のほうから頭を引いていた。

目を開いても、近くに荒賀の顔がある。唇は離れたが、吐息がかかりそうな位置から囁かれた。

「これでも、……わからない？」

「え？」

『友人』かどうか聞きたいのに、どうしてキスをするのだろうか。これでは『恋人』だ。

——え？　まさか、『恋人』？

自分でひらめいた単語に焦ったとき、荒賀の顔がまた寄せられた。再びキスされることを予感して、響生はギュッと目を閉じる。キスには全然慣れない。されると思っただけで、心臓が激しく鳴り響く。

また唇と唇が触れ合った。

「……あの……っ」

あまりの緊張に耐えかねた響生は、顎を引いて自分から唇を離すなり口走っていた。

「『友達』かどうか知りたいのに、どうして、……こんな……っ」

「『友達』？　おまえ、『恋人』なのかって聞いてるんだとばかり思ってたけど」

あきれたように言われた後で、唇の弾力を味わうようにキスを何度もされる。触れた部分から広がる痺れに耐えきれずに唇を開くと、荒賀の舌が押し入ってきた。

「……っあ」

荒賀の手に顎を固定されて逃げられないようにされてから、口腔を隅から隅までなぞられていく。荒賀の舌は口の内側の淫らな感覚をぞくぞくと掻き立てた。

溢れた唾液まですすられて、どんどん身体が熱くなっていく。

「ツン……っ」

感触の強さに、立っていられなくなりそうだ。荒賀のもう片方の手が響生の腰に回され、きつく全身を抱きすくめられながらキスは続けられた。そのままさらに深くまで、口腔を探られていく。からめ合わされた舌が蠢くたびに、そこから身体が溶けてしまいそうな目眩のような感覚が広がった。鼓動が乱れきっていて、もう何が何だかわからない。

ひたすら、ドキドキとときめきを味わわされる。

さんざん味わった後で、荒賀は唇を離した。

ぼうっとしていた響生は、力なく目を開いた。

「わかったか？」

尋ねられて、響生は瞬きをした。思考力が完全に奪われている。

「……何が？」

「俺にとっておまえが『友達』なのか、『恋人』なのかってこと」

言われただけで、耳まで真っ赤に染まっていく。さきほどよりももっとやかましく心臓が騒ぎ立てる中で、響生は呆然と唇を動かした。

「『友達』なら、こんなキスしない……」

「そうだな」

荒賀が甘く笑う。

「……おまえのことが、やたらと気になって、欲しくなったり、奪い取りたくなったりするのは、……好きだからだろうな」

——好きだから。

その言葉が、響生の胸にストンと落ちる。

だが、信じられなくて、響生は荒賀をただ見つめることしかできない。

——荒賀が、……俺のこと、……好き。

胸の中でその言葉を繰り返す。

昔からの特別扱いは、そのせいなのだろうか。ずっと『友人』に対してのものだと思っていた、荒賀にとっての特別感は。いつから荒賀は、自分のことが好きだったというのか。

響生は何か言おうとしたが、焦りのあまり息がやたらと喉に詰まる。頭が真っ白になって、まともに質問できそうにない。

だけど、ふとした拍子に声が飛び出した。

「俺も」

響生自身にもそれを口走った自覚が持てないでいるうちに、荒賀にきつく抱きすくめられた。その腕の中で、じわじわと実感がわいていく。自分も荒賀のことが好きだ。さすがに言ってしまったからには、今さら取り消しもできないだろう。

だが、荒賀とこんなふうになるなんて信じられない。

小学校から高校までずっとそばにいた荒賀と絶交したことで、奇妙な欠落感が生まれていた。それを埋めようと、ひたすら仕事に没頭してきた。仕事に何もかも捧げて疑問を抱かなかったが、それを荒賀が正してくれたのだろうか。

『食楽園』の洗脳が解けてようやく、響生に見えてきたものがあった。

——荒賀のことが好き。荒賀が大切。そばにいたい。

荒賀の肩に、響生はドキドキしながら顔を埋める。荒賀の肩は骨っぽく見えたが意外なほど逞《たくま》しくて、息を吸いこむたびに荒賀の匂いが身体の芯を燻《いぶ》していく。

絶交した後、荒賀はどう過ごしていたのか知りたかった。

「俺と別れて、……ずっと平気だった？」

くすっと笑われて、身体がなおも熱くなる。

「平気じゃないな。……忘れられなかった。ふとした拍子に、やたらとおまえを思い出した。今頃、何をしてるんだろうなって。誰を抱いても、しっくりこなかった」

「俺も、……荒賀のことを、よく思い出したよ」

響生は荒賀の肩に顔をこすりつけながら、目を閉じる。

心がくじけそうなとき、荒賀のことを思い出した。

極道の息子という自分の運命を受け入れ、どう生きるべきかを見定めているように見えた荒賀だったら、こうと決めたら腰を据えて行うはずだ。自分も逃げてはいけない。この職場で、腹をくって頑張らなければならない。そんなふうに励まされてきた。

荒賀がどんな仕事をしているのか謎だったが、接してみたところ、いかにも悪いことばかりしているようには思えない。

——結構まともな仕事してる……？

死体処理にも結局関わっていなかったし、『食楽園』を手にする方法も真っ当だ。根も葉もないデマを流すことはしておらず、響生が耳にしてきたのは全て事実だった。

荒賀のことを、もっと知りたい。何をしているのか、どんなものを目指しているのか。それらを知ってからでなければ、荒賀の仕事を頭から否定することはできない。母による呪縛《じゅばく》が解けていく。自分の目で事実を見定めたかった。

「……不思議だな。俺、荒賀が本当の悪人じゃないって、……思ってる」

荒賀には、毅然としたところがあるような気がして仕方がない。

響生の返事に荒賀は驚いたように眉を上げ、混ぜっ返すように言ってきた。

「おまえに対してだけは、俺は昔っから猫被ってたぜ。嫌われたくなかったから」

「猫も何も。今回ので、だいたいわかってるけど」

グレーな人間ではあるが、根っからの悪人ではない。そんな気がした。だからこそ、荒賀が悪に染まらないように見守らなければいけない気持ちになってくる。

「俺に嘘つかないって約束するんなら、荒賀のことは信じるけど」

「かなわないな」

言うと荒賀は、照れたように笑って、そっと響生の髪に指を差しこんできた。

「約束する。おまえには、これから一生、嘘をつかない。だけど、罪のない嘘ぐらいなら、許せ」

「……うん」

その言葉にうなずくと、安心したように荒賀の身体から力が抜けていった。

「ちょっ……荒賀……」

「限界。……寝る」

これ以上眠気を抑えることは困難だったようで、荒賀は響生にしがみついたまま眠りに落ちていく。

「ちょっ！　……おまえ……っ！」

遅いのを気にして戻ってきた舎弟に発見されるまで、響生はその長身を倒さないように支えているだけで、精一杯だった。

『食楽園』での殺鼠剤《さっそざい》の不正使用によるアルバイトの中毒死と、その隠蔽の罪で社長である宮川が逮捕されたことで、また世間は大騒ぎになった。社員がまともに出勤できないほど大勢のマスコミが、本社ビルを連日取り囲む。そんな中で『食楽園』は『コーラムバイン・コーポレーション』による公開株買い付けを受けることとなる。

倒産の危機に面した株主たちは、これ幸いと株を売ったようだ。

規定の期日が過ぎた後で、『コーラムバイン・コーポレーション』の代表者は公開株買い付けの結果、『食楽園』の株式を半数以上取得したことを発表した。さらに株主総会での経営陣の総入れ替えを提案し、抜本的に体制を変えることで、新たな再スタートを切りたい、と宣言する。新しい経営陣の顔として、ＩＴ部門で別の赤字会社を見事に再生させた有能な若手経営者を据えると発表したために、報道陣から感嘆《かんたん》の声がわいた。

——その社長なら、……ついていくことができそうだな……。

記者会見の裏方として手伝っていた響生は、発表を聞きながらそう思う。『コーラムバイン・コーポレーション』は経営陣だけすげ替えるが、従業員たちの雇用はそのまま守ると発表していた。新しい経営者は人格的な面でも尊敬を集めている男であり、彼がどうして荒賀と組むつもりになったのか、響生は不思議に思ったほどだ。

逮捕された宮川は次々と損害賠償《ばいしょう》請求を起こされ、その裁判費用をまかなうために『食楽園』の全株式の売却を決めたそうだ。『食楽園』はこれで、宮川とは無関係の会社になる。

響生は社長秘書として、新しい経営者を補佐する業務を命じられた。

だが、そんなふうに甲斐甲斐《かいがい》しく新しい経営者を手伝う響生の態度に、やってきた荒賀が面白くなさそうな顔をした。

荒賀は『コーラムバイン・コーポレーション』の実質的な経営者だし今回の黒幕だが、自分の正体を明かすことなくこの件を操っている。記者会見の席でも荒賀は表に出ることなく、事前に『コーラムバイン・コーポレーション』の表の顔である人物と、綿密な打ち合わせを重ねていたようだ。

新体制になってから二週間が経っていた。

荒賀は経営のことで、新社長と打ち合わせをした後らしい。

「帰れるか？」

そう聞かれて、帰宅しようと片付けをしていた響生はうなずいた。新体制になってから、驚くほど労働条件が改善されていた。残業は極力するなと言われていたから、定時ちょっと過ぎに荒賀と肩を並べて地下の駐車場へと向かう。

エレベーターに乗りこむなり、荒賀は口を開いた。

「……面白くない。……やっぱ、『食楽園』など潰せばよかった」

「何で？」

「宮川につくすおまえにもムカついたが、新社長でもムカつく」

響生は思わず笑った。

「何言ってんだよ。だったら、おまえの秘書にでもなれって言うのか」

新社長は家庭を持っており、いつでも子供の写真を机に飾っており、ことあるごとに響生に自慢してくるほどだから、嫉妬《しっと》する必要は全くない。なのに、そんな反応をする荒賀が少し可愛い。愛されているのがわかって、くすぐったいような気分になる。

「そういや、……どうして潰さなかったの？」

『食楽園』を潰して丸ごと譲渡させる方法もあったらしいが、荒賀は看板すら入れ替えることなく、存続させる道を選んだ。荒賀がそこまで手間をかけて、『食楽園』を守ってくれる理由がわからずにいる。

宮川が逮捕されたとき、響生は全て終わったと思った。

宮川はアルバイトの死の隠蔽以外にも、巨額の脱税や不正な海外送金に不動産取引など、ありあまるほど余罪を抱えこんでいた。こんな男に心酔していたのかと思うと、過去の自分にあきれるほどだ。

本社の土地の取得についても、偽の遺言書を作成したのは宮川自身だったことが明らかになっていた。手を組んだ宗教法人に寄付する形を取ってから、この土地を格安で取得したのだ。宮川が響生に語ったのは、自分の行った悪事そのものだった。

荒賀は響生の質問に、苦笑いをした。

「そのほうが、金になるから」

だけど、それは荒賀特有の照れ隠しであって、全ては響生のためではないかという疑いが消せずにいた。

「意外と、きめ細やかな商売してる？」

「今は商才ときめ細やかさがなければ、商売にならないからな。いつか、おまえにここを譲ってやるよ」

「えっ？」

不意に吐露された本心に、響生は狼狽した。

チェーン店丸ごとプレゼントなんて、正気とは思えない。

やはり荒賀が『食楽園』を潰さなかったのは、響生の夢が詰まった場所だからだという思いが強くなる。

「してもらうんじゃなくて、なってやる、の気概で働く。この会社が、俺なしでは回らないようになるぐらいまで、頑張ってみたい」

響生は夢を語った。以前の問題点をどんどん改善していく新社長から、学ぶことは多い。

いっぱい吸収して、社にとって役に立つ人間になりたい。自分がかつて憧れた『食楽園』を守っていきたい。お客様に、満足していただけるレストランでありたい。その気概に鼻息を荒くしていると、荒賀が響生の頭をそっと小突いた。

「だけど、今度は働きすぎるなよ。残業百時間超えじゃ、おまえの身体が心配だった。おまえ、自分の体調に無頓着で、いつでも突然ぶっ倒れるだろ。かといって、忠告したところで受け入れるタイプじゃないし」

——え？

そもそもこんなことを始めたのは、響生が過労死するのを防ぐのが目的だったのだろうか。

——……まさかね。

そう思っていたとき、エレベーターの中でいきなり唇を奪われた。こんなさりげないキスが、荒賀との間で交わされることが増えている。ふとした拍子に、おまえのことが好きだとこうして伝えられると、響生は心穏やかではいられない。

——こんなキャラだったっけ、荒賀……。

釣り上げないうちには冷ややかで、釣ってからは魚にふんだんに餌を与えてくれる。荒賀にいつでも、甘やかされているような気がする。

やたらとかまわれるし、触れられる。

響生と一緒にいるときの荒賀は心からリラックスしているらしく、表情までもが柔らかかった。

ドキドキして真っ赤になりそうな顔をごまかしながら、響生はどうにか答えた。

「荒賀も、働きすぎんなよ」

「おまえに言われるまでもない」

荒賀は少し偉そうに微笑んでから、エレベーターから降りた。

絶頂感に投げ出された身体の感覚が、だんだんと戻ってくる。

呼吸を整えながら、響生は荒賀にしがみついた腕から、そろそろと力を抜いた。仰向けになって荒賀に組み敷かれた姿を崩せないまま、呼吸が整っていくのを待つ。

イったばかりで、まだ中が蠢いているのが自覚できた。

しばらくは余韻に浸ることしかできないでいると、荒賀が汗ばんだ響生の髪をそっと指先で掻き上げた。

荒賀のマンションから響生は引っ越すことなく、同居を続けていた。荒賀は多忙で、予定を合わせるのは大変だから、二人きりの時間を持つためにはこの形が一番いいのかもしれない。

何より寝起きや風呂上がりの荒賀など、油断しきった姿を見られるのもよかった。

――俺の油断しきった姿も見られるけど。

寝ぼけたような荒賀の顔が可愛いと思うこともあるし、濡れ髪で目をすがめたときなど、一瞬の表情にドキッとすることもしょっちゅうだ。

昔から荒賀とは一緒にいて、何でもわかっていたつもりだったのに、そうではないことに響生は新鮮な驚きを覚える。荒賀があれほど寝起きが悪いなんて、知らなかった。

だが、同居はうまくいっているようだ。

少なくとも響生にとっては、何のストレスもない。

仕事で忙しくて部屋の掃除が行き届かないと、荒賀がコンシェルジュを通じて家事代行サービスを頼んでくれて、戻ってきたときには全てがピカピカにされている。荒賀は味噌汁さえ作っておけば文句は言わないタイプで、たまに食べたいものをリクエストされるのがむしろ嬉しい。

——それに、身体の相性だって……。

「ん……」

響生は何気なく身じろいだときに、まだ身体の中に荒賀が入っているのに気づいた。大きく動いた部分から思いがけない刺激が突き上げ、甘ったるい声が漏れる。

「……おい」

さきほどよりさらにぬめりを増した感覚とともに、荒賀がそれを入れ直して言った。

「また煽る気か？」

「そんな……つもりは……」

答える間も与えず、荒賀が響生の太腿を抱え上げた。響生の弛緩しきった襞の柔らかさを堪能《たんのう》するようにやんわりと動かされるたびに、さして萎《な》えてもいなかったそれが体内でムクムクと質感を増していくのがわかる。

「俺を煽ったからには……責任取って、もらわないと」

そう言い捨てるなり、荒賀が大きく動き出した。

出されたものでぬるぬるになっている襞は、荒賀に大きく突き上げられても全く妨ぐことができない。一気に突き刺さる感覚がたまらなくて、動きに合わせて声が漏れてしまう。

「つぁ、……っあ、あ、っ……あ、……ッン……っ」

ものすごく足を折り曲げられて、身体の中心を抉られているのに、まるで力がこもらなかった。荒賀の動きはいつにも増して狂暴で、いつもより深い位置まで突き刺さっていくのがわかる。

普段は刺激されない奥のほうが、荒賀の先端にこじ開けられていくのがたまらなく悦かった。

だが、荒賀の動きが続くにつれて、弛緩していた身体も元に戻ってくる。動きに合わせて自然と中がきゅ、きゅっと収縮するようになった。それでも、荒賀の動きは変わらないから、体重とともに打ちつけられて、ぞくぞくとする感覚に満たされる。

深くまで入れたまま動きを止めて、襞に切っ先をこすりつけられると、響生の声が切迫したものに変わった。

「っは、……っあ、あ……っ」

ぞくぞくする。完全に足を担ぎ上げられ、身体を二つ折りにされていた。動きのたびに、天井に向けた入口から、奥へと刺し貫かれる感覚が駆け抜けていく。ここまで身体を曲げて侵入されるのが恥ずかしくてたまらないが、頭の中はとっくに真っ白だ。

「ツン、……ツン、ン」

荒賀が動くたびに、ひくりと襞が収縮した。その動きの中でたまに襞がひどく引っかかるときのひきつりが、深くまで抉られる快感と混じり合って、響生を蕩《とろ》けさせていく。

「ッは……ツン、……そこ……っ、ダメ……」

体内にすごく感じるところがあって、そこに切っ先が触れた途端に、腰が浮いたようになってしまう。きゅっと締めつけると、荒賀が抱え上げた膝に唇を押しつけた。

「すごいな。……おまえの中、……いくらやっても、……狭くて、……熱い」

「っや、……ッン、ン、ン……っ」

特別感じるところが、荒賀の切っ先にさらされ続ける。そこにことさらこすりつけるように動かれて、全身が跳ね上がるほど感じてしまう。そんな腰を押さえつけられて、逃げられないようにされたままさらにぐいぐいと集中的にそこばかりいじめられると、響生はのけぞって声を漏らすことしかできない。

「あっ、あっ、……ひ、ア……っ！」

びくびくっと響生の中が荒賀のものを締めつけ、奥へ奥へと刺激を欲しがるように蠢いている。ゆっくりと荒賀がペニスを引き抜こうとすると、引き止めるように襞がからみつく。荒賀は先端だけ残して引いた後で、一気に奥に戻した。

「っう、ぁ……っ！」

その衝撃にうめくと、さらにぬぷぬぷと動かれる。その後で、荒賀は響生の膝を二つ折りにむごく押しつけるような形で、体重をかけてのしかかってきた。唇を塞がれる寸前、熱に浮かされたような荒賀の眼差しが見えた。

荒賀がどれだけ、この行為で感じているのかが伝わってくる。

「……ン」

唇を塞がれながら、荒賀の手が響生の胸元をまさぐった。なめらかな胸全体をてのひらで包みこまれ、親指に引っかかった硬い先端を指の間でキュッと挟みこまれる。

それだけで、乳首から広がるゾクゾクした刺激に、響生は震えた。小さな粒をこりこりと嬲られるたびに荒賀のものをことさら締めつけてしまうから、深くまで自分を貫くものの形が如実に伝わってくる。

唇を塞がれる苦しさを感じながらも、響生はキスを続けずにはいられない。荒賀のキスは巧みで、いつでも響生を忘我《ぼうが》の淵《ふち》まで追いやっていく。舌をねっとりとからめられて、夢中になる。キスを続けながら、荒賀が響生の中でまた動き始めた。

「ッン、……ふ、ふ……」

荒賀の舌は、響生の口腔をなおもじっくりと這い回っている。

乳首も指先でころころと転がされ、ひねられて、そのたびに身体に力がこもった。身体の内側と乳首と口腔から受け止める刺激の全てが混じり合って、響生の身体は絶頂に向けて暴走していく。

「っふ。……ぁ、あ、……」

何度もイかされているというのに、また身体がその高みまで押し上げられていくのがわかった。荒賀の太いものが、衝撃とともに奥に突き刺さるのにたまらなく感じて、かすれた声が次々と喉から漏れる。受け止めきれないほどの快感に唇が離れると、悦楽に浮かされたような目で自分を見下ろす荒賀の顔が見えた。

「ッン、……ン……」

「おまえの声、……やらしくて、……好き」

好き、と言われるだけで、身体が反応する。感じるところをこすり上げる荒賀の動きをことさら感じて、思いがけず大きな声が漏れた。響生はそれを殺そうと唇を噛む。

「っぐ」

だがその前に、口の中に指を押しこまれた。そのまま口腔を掻き回す荒賀の指の乱暴さに、ゾクゾクした。

唾液をたっぷりとからめた指は、ほどなく口から引き出されて、胸元へと落ちた。濡れた指先で乳首をつままれて、その弾力を楽しむかのようにこね回され、引っ張られる。

「っふ」

また漏れそうになる声を塞ぐかのように、荒賀の唇が唇を覆った。

「っ……」

呼吸を支配されるような息苦しさですらも、全てが快感に変わっていく。舌をからめながら荒賀は太いものをゆっくりと響生の中から抜き出していく。

その圧迫感が消える間もなく、奥まで押し戻された。襞をカリでことさら引っかけるような動きにじわりと襞が灼け、悦楽が背筋を炙《あぶ》っていく。

「っふ、……っは、は……」

さらに乳首を指先で転がされる感覚にも目を潤《うる》ませていると、荒賀の動きが激しくなった。律動《りつどう》で身体が揺れ、荒賀の唇を噛みそうになっても、響生のほうから舌を解くことができない。

「ツン、……ふ、ん……ツン……っ」

口腔で唾液が立てる音と、下肢からの濡れきった音が混じった。荒賀に力強く突き上げられるたびに、目眩がするほどの悦楽が呼び起こされる。

下肢が痺れきるほどの律動を与えられて、突き上げられる動きについていくだけでやっとだ。内腿に不規則な痙攣が次々と走ったことで、新たな絶頂がすぐそばに迫っているのがわかる。

「っふ……」

もはやまともに舌を動かすことはできず、ただ荒賀に唇を預けているだけになっていた。動きに合わせて乳首をランダムにこすり上げられるのがたまらないアクセントとなっていて、そのたびに身体の奥がキュッと締まる。そのタイミングに合わせてぶちこまれると、狂おしいほど感じた。

「っん、……っん、ん……っ」

一段と強く突き上げられるのと同時に、荒賀のものが中で大きく膨張したように感じられる。次の瞬間、深くまで荒賀のものが突き刺さるのに合わせて、失禁するような感覚が生まれ、腰が大きく跳ね上がった。

「ッン……っ！」

射精しているのに荒賀はなおも動きを止めず、突き上げられるたびにペニスから精液が溢れる。その快感に背筋をのけぞらせながら、響生は絶頂に耐えていた。

「っは、……は……っ」

出しきったころ、ようやく荒賀に体内で射精されて、その熱に灼かれてまた中が痙攣した。腕を伸ばすと荒賀の首の後ろに引っかかり、すがるように腕に力をこめると、唇を塞がれた。

「……っ」

酸欠の状態で唇を塞がれるのは苦しいのに、熱い舌をからめ合わせていると、このまま死んでもいいとすら思えた。

遠くに投げ出されたような意識が戻ってくるのに合わせて、荒賀の舌が離される。

「は……」

慌ただしく呼吸を貪っていると、その顔をすぐそばから荒賀が見つめてきた。

だが、そんな響生をからかうように、荒賀が中に収めていたものをゆったりと動かし始める。

「ッン、……ッン、……っぁ、ちょ……っ」

抜かずに、また続けられるとは思ってなくて、狼狽した声が漏れた。これでは前回と同じパターンだ。たまったものではない。

だが、響生の声は喉に引っかかり、セックスのとき以外には出せないような艶っぽさを帯びていた。

「何？」

「抜け、……も……っ、満足……しただろ。……おまえだって、……無理……」

「無理かどうかは、試してみなきゃ、わかんないだろ。……おまえが締めつけたりしなければ、……このまま終われると思うんだけど。……締めつけずに、我慢できる？」

荒賀の息も、今の激しい動きの余韻で少し乱れていた。

荒賀のが少し萎えているのと、響生の身体に全く力が入らないせいで、動かされてもさきほどのような圧倒的な存在感はない。だが、それでもぬるぬるになった部分に含まされて動かされていると、襞が溶けるような悦楽が呼び起こされる。

ひく、っと襞が痙攣し、それがだんだんと連鎖するようになっていた。その反応に軽く息を呑んだ荒賀が、一段と硬くなったもので中を抉る。締めつけるたびに荒賀が大きくなるから、響生のほうもその刺激に感じて締めつけずにはいられなくなり、耐えかねてかすれた声で抗議した。

「も、……無理…だって…」

「だったら、寝てていいから」

荒賀が極上の笑みを浮かべた。

荒賀がこんな表情を浮かべたときには、ろくなことはない。そのことを、響生は抱かれるたびに思い知らされていた。

そもそも荒賀に犯されながら、寝られるはずない。もうクタクタだから、とにらみつけてみても、荒賀はむしろ楽しそうに微笑むばかりだ。

「明日、……歩けなくなる……だろ」

別の角度から訴えてみても、荒賀はこたえた様子もなく、響生の中にぐっと入れ直すだけだ。

「俺に、……何か料理作って欲しいって、……言ってなかった？」

「……っ、言ってた……っ。鉄板…焼……」

分厚いステーキを、フライパンで表面だけカリカリに焼くやりかたをシェフに教えてもらったと、荒賀は言っていた。だからこそ、それを食べてみたいと答えたのだ。

「あのステーキ、作ってやるよ」

荒賀が大きく動いたので、たっぷり注がれた白濁が、ぬぷっという音を立てて溢れた。その音が自分の体内から漏れたのが恥ずかしくて、自然とそこに力がこもる。

「……ン……っ」

軽く腰を動かされながら、胸元に唇を落とされると、もはやあらがいきれない。響生は全身から力を抜いて、荒賀の愛撫を受け止めることを覚悟した。

——も……。

また、朝までコースだ。

明日は休みだからいいが、平日もこんなのが続くかと思うと、体力的に不安になってきた。

「あの、さ、……荒賀」

「……ん？」

こういうのは休みの前日だけにしておこうと提案しようとしたのだが、すぐそばからまっすぐに見つめられると、何だか急に恥ずかしくなった。

——ま、……いいか。

こんな激しいのも、最初ぐらいだろう。

そんなふうに考えることにして、響生は荒賀に話しかけた言葉をごまかすかのように、自分から首の後ろに腕をからませて、唇を押しつける。

かなうことなら寝てやりたくて目を閉じたが、襞をこそげ取るように大きく動かれると、ビクンと大きく身体が跳ね上がってしまう。もうすっかりさきほど以上に、硬く感じられた。

「あっ、……ン、ン……っも、……やめ……っ」

絶頂を迎えてなおも昂《たかぶ》る身体を、容赦なく荒賀が貫くにつれ、過敏になった身体が紡ぐ快感に涙が溢れ出す。

膝をからませ、腕をからませ、荒賀の身体と全てが一つに溶けていくときを享受するばかりだ。

あとがき

このたびは『略奪者の純情』を手に取っていただいて、本当にありがとうございます。

攻と受の幼なじみパターンが、私はとっても好きですす好きです……！　なんかちっちゃいころから、相手の素性がわかりきっている感じのところが……！　いつの間にか好きになってるのに、あえてそこには触れずに大人になっていく感じのところとかも。受はあんま気づかなくても、攻が悶々としてるといいよ……！

ってていうのが好きだってことを、あえて言わなくても何度も書いてしまっているのでとっくにバレバレかもしれませんが、今回は特に昔のちびっこのシーンにイラストがついているのが、すっごく嬉しかったです。ちびっこのラフも見せていただいたので、あれがどうなっているのかと思うと今から生唾が……。もちろん、大人な二人もめっちゃ楽しみなのですが！

ってことで、優等生と不良パターンで、大人になってから二人が再会です。攻はもっとツンツンひどく受に接してもいいと思うんだけど、何だかちょっとぬるくなってしまったような？　もっとガッツガツいじめたかったような心残り感があるのですが、幼なじみ系なので、あんまりひどくもしきれないジレンマ。受はブラック企業で、せっせと働いています。受がちもちも働いているのは、何か可愛いよね……。もっと無体したくなっちゃうよね……。そんな夢をみっしりこめたお話です。

　そういや、ブラック企業が最近、すっかり社会に定着してるっぽいですが、そのニュースに接するたびに心穏やかではいられなくなる……。もっと働きやすくて、働いている人が生活も楽しめる社会になっていくといいのに……！　現実はブラック企業だろうがのさばり続けるのでしょうが、このお話ではささやかな勧善懲悪です。

　ってことで、このお話に素敵なイラストをつけてくださった、周《す》防《おう》佑《ゆう》未《み》様。素敵イラストがつくのを楽しみに、お話を作るところから始めました。ラフでいただいたときから、素敵すぎて舞い上がっています。本当にありがとうございました……！

　いろいろご助言いただいた担当様も、いろいろとありがとうございます。

　何より読んでくださった皆様に、心からの感謝を。ご意見ご感想など、よろしければお寄せください。ありがとうございました。愛をこめて……！

LYNX ROMANCE

千両箱《せんりょうばこ》で眠《ねむ》る君《きみ》

バーバラ片桐 illust. 周防佑未

898円
(本体価格855円)

幼少のトラウマから、千両箱の中でしか眠ることが出来ない嵯峨。ヤクザまがいの仕事をしている嵯峨は、身分を偽り国有財産を入札するため財務局の説明会に赴いた。そこで職員になっていた同級生・長尾と再会する。しかし身分を偽っていたことがバレ、口封じのため彼を強引に誘惑し、抱かれることに。その後もなし崩し的に身体の関係を続ける嵯峨だったが、そんな中、長尾が何者かに誘拐され…。

LYNX ROMANCE

ハカセの交配《こうはい》実験《じっけん》

バーバラ片桐 illust. 高座朗

898円
(本体価格855円)

草食系男子が増えすぎたため、深刻なまでに日本の人口が減少し続けていた。少子化対策の研究をしている桜河内は、性欲自体が落ちている統計に着目していたところ、いかにも性欲の強そうな須坂を発見する。そこで、研究のため須坂のデータを取ることになった桜河内だが、二人が協力し合ううち、愛情が目覚めていく。そんなある日、別の研究者が、桜河内に女体化する薬を飲ませていたことが発覚し…。

LYNX ROMANCE

オオカミを食《く》らう赤《あか》ずきん

バーバラ片桐 illust. 周防佑未

898円
(本体価格855円)

大学で、抱かれたい男ナンバーワンにも選ばれたほどの真壁は、モテモテの大学生活を送っていた。そんな真壁の元に、「僕っていう婚約者がいるのに、女と浮気してたの?」と海外に行ってしまった幼馴染みの工藤が、突然現れる。天使のように可愛らしかった工藤は、今では超美形の色男に様変わりしており、さらには真壁を抱きたいと言い出して—。

LYNX ROMANCE

夢想監禁《むそうかんきん》

バーバラ片桐 illust. 高座朗

898円
(本体価格855円)

出版社に勤める、敏腕編集者の中浦は、目を掛けている担当作家の繊細な美貌を持つ那須から取材旅行に同行して欲しいと頼まれる。那須の親戚の別荘へ同行した中浦だが、気づくと那須によってベッドに拘束されていた。焦る中浦だったが、那須から小説を書くために必要な事だと告げられる。やむなく監禁されることとなったが、甲斐甲斐しく自分の世話をする、健気な那須の姿に中浦は…。

この本を読んでの
ご意見・ご感想を
お寄せ下さい。

〒151-0051
東京都渋谷区千駄ヶ谷4-9-7
(株)幻冬舎コミックス　リンクス編集部
「バーバラ片桐《かたぎり》先生」係／「周防佑未《すおうゆうみ》先生」係

リンクス ロマンス

略奪者の純情

2013年10月31日　第1刷発行

著者……………バーバラ片桐《かたぎり》
発行人…………伊藤嘉彦
発行元…………株式会社　幻冬舎コミックス
〒151-0051　東京都渋谷区千駄ヶ谷4-9-7
TEL 03-5411-6431（編集）
発売元…………株式会社　幻冬舎
〒151-0051　東京都渋谷区千駄ヶ谷4-9-7
TEL 03-5411-6222（営業）
振替00120-8-767643
印刷・製本所…共同印刷株式会社
検印廃止

ISBN978-4-344-82949-7 C0293
Printed in Japan

幻冬舎コミックスホームページ　http://www.gentosha-comics.net